고쳐 쓰는 마음

어떤 우울이 내게 가르쳐준 것들

고쳐 쓰는 마음

이윤주 산문

서 문

누가 이 책을 읽게 될까 상상해 봤다.

◦ 자주 긴장하는 사람
◦ 실수에 예민한 사람
◦ 걷다가 한눈파는 사람
◦ 거북목 증후군이 있는 사람
◦ 목소리가 작아서 싸움에 지는 사람
◦ 밤에 자다가 깨는 사람
◦ 손톱 깎을 때 외로워지는 사람
◦ 안 들리게 한숨 쉬는 사람
◦ 우울과 불안의 열매를 견주는 사람
◦ 따사로운 오후에 아이스아메리카노에 든 얼음을 씹다
  가 돌연 마음에 금이 가는 사람
◦ 잘못이 많은 사람
◦ 잘못 없는 사람을 믿지 않는 사람

- 이야기를 좋아해서 가난한 사람
- 가난해서 화가 나는 사람
- 화내고 싶은데 목이 메는 사람
- 고단한 사람
- 세상에서 가장 마음대로 되지 않는 것이 마음이라고 생각하는 사람
- 마음을 많이 쓰는 사람
- 많이 쓴 만큼 자주 해지는 사람
- 해진 만큼 고쳐 써야 하는 사람

*

해진 마음을 매일 고쳐 쓰는 분들과 이 책에 실린 이야기를 나누고 싶다.

고쳐 쓰는 일이 만만하진 않다. 고치지 않아도 되는 마음이라면 얼마나 편할까. 하지만 마음을 고치는 도중에만 보이는 풍경들이 있다. 그 풍경을 굳이 봐야 하나. 보는 게 의미가 있을까. 있다고 생각한다. 아름다우니까. 어떤 아름다움은 고통을 지불했을 때만 찾아오니까. 물론 적당한 고통이어야 할 것이다. 너무 큰 고통은 아름다움을 느낄 힘마

저 빼앗아 버린다. 마음이 너무 크게 해지기 전에 미리미리 고쳐두는 일이 그래서 필요한 것 같다.

그럼에도 불구하고, 나도 모르는 사이 이미 심하게 해졌다면. 심하게 해진 마음을 수선하는 데는 더 많은 수고가 들 것이다. 나는 그런 수고의 경험을 듣는 것을 좋아한다. 모든 삶은 촘촘한 수고의 경험. 나의 경험도 들려드리고 싶었다. 헤매고, 맴돌고, 주저하고, 일으키고, 읽고, 듣고, 보면서 배운 이야기를, 아름다움을 다시 탐색할 힘을 찾기 위해 수고한 경험을 책에 담았다.

대단하고 특별한 수고가 아닐지라도. 모든 수고는 삶의 성실한 증거. 해진 마음을 견디고 있는 분들이 자신의 수고를 하찮게 여기지 않았으면 좋겠다.

물론 마음은 또 해지리라.
또 고치면 된다.
좀 수고하면 된다.

사람 고쳐 쓰는 거 아니라는 말에 나는 영원히 동의하지 않는다.

*

　고쳐 쓰는 마음에 마음을 보태준 분들께 감사를 전한다. 책을 만들어준 김준섭 편집자님을 비롯한 일다 여러분, 사랑을 주는 가족들, 격려해 주는 친구와 동료들, 특히 내 마음이 가장 크게 해졌을 때 함께해 준 B에게 감사드린다.

2024년 늦여름
이윤주

차례

1부

그냥 하는 마음

마 혼 , 멈 춤

돌아보면 이 시절 또한 찬란히 젊었구나 할 것을 알면
서, 30대가 끝난 뒤 나이 듦에 대한 감각 때문에 종종 침울
해진다. 얼굴의 주름이나 늘어가는 군살 따위도 문제지만
무엇보다 40대라는 숫자가 주는 압력에 짓눌릴 때가 있다.
사십이라니. 아무것도 해놓은 게 없는데 사십이라니. 무얼
상상하든 그와는 다른 것을 주는 인생의 법칙에 걸맞게 나
의 마흔 또한 뜻밖의 형태로 다가왔다.

봄꽃이 지고 더위가 찾아올 무렵 중증 우울 에피소드
가 시작됐다. 모든 것, 그야말로 모든 것이 멈추었다. 다니
던 직장, 가꾸었던 관계, 반복되던 일상, 계획한 일들, 누리
고 느끼던 감정들, 생을 떠받치는 크고 작은 의지 전부가.
걸려 넘어지다, 라는 표현은 그럴 때 쓰는 것임을 경험했다.
40대의 문턱에 나는 완전히 걸려 넘어졌다.

넘어져 침대에 있었다. 때론 병원 침대에 있기도 했다.
우울증은 흔하다지만 모든 질병이 그렇듯 고통은 개별적

이었다. 나는 침대에 '멈춰' 있을 수밖에 없는 이유를 타인에게는 물론 나 자신에게도 설명하기 어려웠다. 특별한 사건이나 계기가 없었다. 우울증을 처음 겪는 게 아니기에 더 당황스러웠다. 윈스턴 처칠은 본인의 우울증을 블랙 독black dog이라 부르며 평생 어르고 달랬다. 나는 그걸 따라 나의 우울증을 동일하게 부르곤 했다. 검은 개는 낯설지 않은 손님이었다. 손가락을 핥으며 어리광을 부리는 정도에 그칠 때도 있었고 때로는 손등을 깨물어 상처를 입히기도 했다. 그래도 내가 그의 목줄을 놓친 적은 없었다.

그러나 마흔 문턱에서 만난 그것은 달랐다. 무서운 속도로 몸집을 불리기 시작한 검은 개는 목줄에 매이지 않았다. 나는 그것을 끌 수 없었고 그에 끌려갔다. 득의양양한 검은 개는 내게 말했다. 이제 어쩔 셈이지.

오랫동안 그것을 통제하는 데 써온 방식들이 먹히지 않았다. 침대에서 밤과 낮은 느리게 교차하고 계절은 뒤죽박죽 흘렀다. 하루는 무참히 길고 일상의 루틴은 실종됐다. 우울증에 걸린 뇌는 '착각'을 한다. 살아온 날들과 살아갈 날들이 전부 무가치하다고. 내가 먼저 부정한 건 미래였다. 희망이 보이지 않아. 그래도 과거는 처음부터 부정하지 않았다. 나름대로 열심히 살아온 건 사실이라고 믿었다. 그런데 아마도 검은 개가 가장 거대해졌을 즈음, 신기하게도 과거가 송두리째 흔들리는 듯했다. '과거가 흔들린다'는 건 모순인데도. 살아온 날들이 어처구니없고 수치스러웠다. 마치 누가, 너는 마땅히 부끄러움을 느껴야 한다고 명령이라도 한 듯. 그때 나를 특히 참을 수 없게 했던 건 세상에 책을 두 권이나 내놓았다는 사실이었다(우울증은 자기에의 '지나친' 몰두이기도 하다). 결국 이렇게 끝날 것을(자꾸 모든 걸 '끝'으로 귀결시킨다), 뭐가 잘났다고(책은 잘난 사람만 쓰는 게 아님에도), 수많은 말들을 수천 권 인쇄해 내보였을까 후회하고 후회했다.

병세가 심해지자, 남편이 출근한 뒤 집에 혼자 남겨지는 상황을 피해야 했다. 가족들의 도움으로 나는 짐을 싸서 동생네로 갔다. 맞벌이 부부인 동생네를 대신해 엄마가 어린 조카를 돌보는 중이었다. 어김없이 찾아오는 아침이면 이불을 뒤집어쓴 채 소리를 들었다. 엄마가 부엌에서 아침 식사 준비하는 소리, 동생과 제부가 안방과 욕실을 오가며 부지런히 출근 준비하는 소리, 잠에서 깬 꼬마가 작은 발로 거실에 종종걸음 치는 소리. 나를 뺀 모든 사람들이 하루의 리듬에 올라타는 소리를. 특별할 것 없는 풍경에 갑자기 눈물을 쏟았다. 유치원에서 돌아와 간식을 먹고 태권도장에 가기 위해 집을 다시 나서는 조카의 뒷모습 같은 것에. 저 어린것도 저렇게 열심히 사는데 마흔이나 먹은 나는 왜 이러고 있나. 마흔도 병도 내 잘못이 아니었지만 우울증은 그런 것이었다. 아픈 것은 나인데도 끊임없이 자신을 탓하게 만드는 병.

그 무렵 우연히 알게 된 한 여성 유튜버가 수년간 우울증으로 고생 중인 어머니를 돌보는 모습을 보았다. 한 달간 샤워를 하지 못해 엉키고 뭉친 어머니의 머리카락을 직접 잘라내 주는 영상이었다. 샤워를 하지 못하는 마음, 그게 뭔지 너무 알았다. 우울증이 깊어지면, 몸을 일으켜 욕실까지 걸어가 물 틀고 그 물줄기 맞으며 육신을 씻어내는 일이, 해발 수천 미터 고산 등반처럼 느껴진다. 보통 사람들이 예사로 하는 일들을 해내기 위해 어떤 우울증 환자들은 젖 먹던 힘을 짜내야 한다. 나는 다른 건 몰라도 씻는 것만은 건너뛰지 않으려 애썼다. 그날의 샤워가 그날의 가장 큰일인 하루하루. 험준한 산맥에 매달리는 심정으로.

어떻게 일상을 차츰 되찾았는지 정확히 기억나지 않는다. 친구가 보낸 문자를 자주 들여다봤던 기억은 난다. 그는 힘내서 밖에 나가 산책도 하고 사람들도 만나보라는 식의 틀에 박힌 조언을 하지 않았다.

"그냥 먹고 싸고 자면 하루가 지나가. 그렇게 하루씩만 이어서 살아보자."

병원 가는 것과 약 먹는 것은 한 차례도 빼먹지 않았

다. 계절이 두세 번 바뀌고. 나의 마흔은 알 수 없는 곳으로 흘러가 버렸지만 더 이상 침대에서 자학과 좌절을 반복하지만은 않게 되었다. 무엇보다 다시 글을 읽을 수 있게 된 데에 안도했다. 그간 완전히 잃어버렸던 독서의 흐름이 천천히 되살아났다. 먹고 싸고 자는 일에 읽는 일이 추가되니 하루가 버겁지 않게 지나갔다. 막 걸음마를 뗀 아이처럼 조심스레 집을 나서 근처 도서관에 들르면, 책이 가득한 공간이 주는 고전적인 아늑함을 느꼈다. '문제의' 두 책을 발견해도 수치나 혐오는 느껴지지 않았다.

다시 맞은 봄. 고궁에 가서 새순과 꽃봉오리들을 보았다. 움직여야 할 때를 절로 알아차리는 생명들은 매년 신기하고 감격스럽다. 움직여야 할 때를 위해 멈춰 있던 때가 그들에게 있었겠지. 나의 마흔도 사라져 버린 게 아니라 그다음을 위해 잠시 멈췄던 걸까. 겨우내 모든 잎사귀를 떨어뜨리고 맨몸을 드러낸 채 서 있던 나무들처럼. 침대에서 일어난 나는 돌아온 계절만큼 늙어 있긴 하지만. 직장도 없고 갈 데도 없고 가진 것도 없지만. 사람은 원래 생의 절반쯤에서 길을 잃곤 한다니까 너무 조급해하지 않기로 한다. 늦었다고 생각할 때가 진짜 늦었더라도. 중요한 건, 늦었음에도 그냥 하는 마음.

사 과 의 요 정

생전 먹지 않던 음식이 갑자기 좋아지는 이유는 무엇일까. 사과를 좋아하게 되었다. 늦은 아침 냉장고에서 꺼낸 사과를 흐르는 물에 오래 씻으며, 사과의 씨는 발라내고 껍질은 놔두며, 잠시 후에 느낄 신선한 과육의 맛을 상상하며, 입안 뒤쪽부터 고이는 침을 삼킨다. 사과를 향한 식탐은 때를 가리지 않지만 웬만하면 아침에 한 알만 먹는 것으로 규칙을 세웠다.

우울증의 한복판에서는 아침이 제일 두려웠다. 하루를 무엇으로 어떻게 시작해야 할지 알 수 없었다. 생전 처음 보는 인적 없는 골목에, 지도도 전화기도 없이 내던져진 기분. 세간에 알려진 것과 달리, 우울증은 '슬픈' 기분이 아니다. 우울증은 '할 수 없다'는 느낌이다. 샤워할 수 없고, 나갈 수 없고, 말할 수 없고, 만날 수 없고, 먹을 수 없고, 치울 수 없고, 계획할 수 없고, 그래서 살아갈 수 없을 것 같다는 비관에 사로잡히는 것이다. 아침은 밝아오는 게 아니라 습격

한다.

사과에도 종류가 있으며 가장 흔히 먹는 사과를 부사라고 한다는 것도 알게 되었다. 병충해에 약하고 수확 전 낙과가 심해 생산량이 얼마 되지 않는 홍옥은 부사보다 산도가 높다고 한다. 백설 공주가 마녀에게 받았던 품종으로 추측된다는 의견도 있다. 나는 다시, 갑자기 사과가 좋아진 이유에 대해 생각한다. 늦은 저녁보다는 아침에 먹는 사과가 몸에 좋다고 들었다. '사과를 먹는다'라는 루틴은 매일 아침, 삶의 감각을 되찾아 주었다. 하루를 어떻게 시작해야 할지 모르겠다면 사과로 시작해 보라고.

사과를 먹을 땐 사과만 먹는다. 사과 먹기는 일종의 마음챙김mindfulness*이다. 사과를 씻는 물의 차가움, 뽀득뽀득한 사과 표면의 질감, 씨앗이 든 중심부를 도려낼 때의 세심함, 사 등분한 사과를 처음 베어 물 때의 아삭— 하는 소리, 동시에 배어나는 새콤달콤한 과즙, 과즙과 과육이 엉켜 혀를 감싸는 순간의 생기……. 이 모든 것은 (딴생각은 하지 않고) '사과만 먹는 나'에게 찾아오는 지금, 여기의 평화다.

갑자기 사과가 좋아진 이유는 영원히 알 수 없을지도 모르지만 사과가 아침의 과일이라는 점에 나는 주목한다.

---

*   과거나 미래에 사로잡히지 않고 지금, 여기에 집중하는 것.

아침을 방해하던 우울의 신이 한 발짝 비켜서고, 아침을 아침답게 해주는 사과의 요정이 찾아왔다고 믿는다. 푹 자고 일어나 요정을 영접하기만 하면 되는 것이다. 우울증 치료에 정신 승리는 마음챙김만큼 중요하다.

만 만

날개도 하나, 눈도 하나라 혼자서는 날지 못하는 새. 비익조比翼鳥라는 이름으로 알려진 이 새를 중국에서는 '만만'이라고도 부른다고 한다. 물론 전설상의 동물이다. 짝을 지어야만 날 수 있기에 주로 연인 간의 사랑을 비유적으로 표현할 때 쓰인다. 물론 다른 데에 비유할 수도 있다.

이런 건 어떨까. '책'과 '읽는 행위(독서)'를 각각 만만이라고 하는 거다. 독서당하지(!) 않는 책은 죽어 있는 것이고 책 없는 독서는 성립 자체가 안 되니. 책의 만만이 독서의 만만을 찾고, 독서의 만만 또한 책의 만만을 구한다. 두 만만이 만나 한 몸이 되면 힘껏 날개를 펼쳐 날아오른다. 높이, 아주 높이. 가지 못할 데 없다는 기세로. 넘지 못할 곳 없다는 기세로. 비행이 끝나면? 두 만만은 분리되어 아래로 떨어지기 시작한다. 하지만 땅으로 추락하진 않는다. 다른 데서 이제 막 떨어져 나온 또 다른 만만을 만나기 때문. 새로 된 몸으로 또다시 비상하고 적절한 때가 오면 헤어져 하

25

강하다가 다른 만만을 만나 다시 날기를 반복.

하늘은 가없이 넓고 짝 찾는 만만은 언제나 충분하다.

이 비유를 내가 먼저 했다면 좋았겠지만 그러지 못했다. 소설가 위화가 이미 해버렸기 때문이다. 책과 독서 행위에 대한 이 비유를 너무나 사랑한다. 읽는 사람으로서도, 쓰는 사람으로서도. 하늘이 가없이 넓고 만만은 언제나 충분하다는 사실이 나를 안심시킨다. 시간을 견디는 기술을 많이 알지 못하는 내게 읽고 쓰는 것은 몇 안 되는 방편 중 하나라서. 죽을 때까지 수없이 많은 만만을 만나도 세상 모든 만만을 만날 순 없다. 누구도. 얼마나 다행인가. 만만은 결코 멸종하지 않는 것이다.

우울증이 나를 좌절시킨 방법 중 치명적이었던 건 읽을 수 없게 하는 것이었다(쓰는 건 말할 것도 없으니 생략하고). 글을 읽을 수 없다는 것. 우유에 만 시리얼을 먹을 때 시리얼 박스 뒷면의 성분과 함량과 생산 공장의 위치와 알레르기 위험 문구를 다 읽고 나서 우유 통 뒷면의 체세포 수와 세균 수에 따른 등급도 읽는 사람, 아이스크림과 컵라면을 먹을 때도 그렇게 하는 사람, 눈이 노는 걸 못 참는 사람이 별안간 텍스트를 읽지 못하게 되는 것. 그런 진공의 상태에서 나는 살아본 적이 없었다. 만만을 찾지 못해 곤두박질치는 건 비유가 아니었다.

게다가 출판사에 다니고 있었다. 책상 위에 쌓인 교정지 뭉치를 속수무책 바라봤다. 종이 위의 글자들이 이국의 말처럼 제멋대로 떠다녔다. 붙잡아 보려 애썼지만. 한 페이지를 넘기는 데 꼬박 반나절을 보낸 어느 날, 평소 의지하던 선배 앞에서 눈물을 쏟았다. 못 하겠다고. 떨리는 손을 선배가 오랫동안 잡아주었다. 그리고 뒤섞이는 기억들. 선배가 집까지 바래다주겠다고 했던 기억. 하지만 집에 간들 무엇을 해야 할지 모르겠어서, 읽을 수 없는 상태로 무엇을 해야 할지 모르겠어서 아무 대답 못 하고 한참 울기만 했던 기억. 울면서, "책과 밤을 동시에 주신/신의 경이로운 아이러니"*에 관해 생각했던 기억. 이 와중에 보르헤스라니 꼴값은 못 고친다, 고 동시에 생각했던 기억. 그런 내가 혐오스러웠던 기억. 이튿날 회사에 두 번째 휴직계를 내고 두 번째 입원 수속을 했던 기억.

읽지 못하는 나, 편집자가 아닌 나를 승인하지 못해 괴로웠다. 나는 좀 기이할 만큼 회사 일에 집착했고 집착하면 할수록 깊은 수렁에서 발을 빼내지 못했다. 그리고 한참을 잊었다.

---

* 호르헤 루이스 보르헤스, 〈축복의 시〉, 《작가》(우석균 옮김, 민음사), 2021년, 58쪽. 보르헤스는 중년 이후 시력을 잃었다.

하늘은 가없이 넓고, 짝 찾는 만만은 변함없이 충분하다는 걸.

밤이 오래 흐른 뒤 다시 만만을 만났다. 내게 바짝 몸을 붙인, 정말 오랜만에 나타난 나의 만만은 가슴 시리게 아름다운 문장들을 주었다. 진짜 아름다운 문장은 '아름다운' 형태로 나타나기보다는 이런 식이다. "네가 정말로 재가 되어버려야 한다면, 그게 지금이면 안 될 이유가 무엇인가."* 파국적인 결정을 내려야 할 때마다 작가는 자신에게 그렇게 속삭인다고 했다. 참혹하도록 용감한 문장이 한쪽 날개가 되어주었다. 이쪽 만만과 저쪽 만만의 날개가 동시에 허공을 내리치는 순간. 지금이면 안 될 이유가 무엇인가. 내가 정말로 재가 되어버려야 한다면. 나는 회사에 사직서를 냈다. 편집자가 아닌 나를 승인하고 만만과의 여행을 계속하기로 했다.

---

* 　배수아, 《작별들 순간들》, 문학동네, 2023년, 120쪽.

정신과 대기실에 앉아 있으면, 함께 진료를 기다리는 사람들에게 동지애 비슷한 걸 느낄 때가 있다. 동병상련이야 이비인후과나 치과에서도 생길 수 있겠지만 정신과에서는 그 두께가 좀 더 만져진달까. 서로에게 눈길 주지 않고 자신의 순번만을 기다리는 그들은 기본적으로 어떤 벽을 허물고 온 사람들이다. 정신과의 문턱이 과거보다 훨씬 낮아졌다 해도 여전히 정신질환에 대한 편견은 사회 곳곳에, 그리고 스스로에게도, 불쑥불쑥 출현하기 때문이다. 정신과에 오려면 (적어도 이비인후과나 치과보다는) 모종의 각오랄까, 용기랄까, 결정적인 마음의 전환이 필요하다. 편견의 벽 따위 당장 부술 만큼 갈급한.

그러므로 정신과를 찾았다는 건 대체로, 어느 정도 참아보려다 그렇게 한 것이다. 대기실에 앉아 '동지'의 기척을 느낄 때 나는 그들이 참아왔던 시간을 가늠해 본다. 얼마나 참은 거예요, 당신은. 더 이상 참지 않기로 한 건 참 다행이지만 앞으로도 우리에겐 (적어도 이비인후과나 치과보다는) 짧지 않은 시간이 필요하다는 걸 안다. 그리고 아주 오래전에 들은 우스개를 떠올린다. 치료가 시급한 사람은 타인에게 포악을 일삼으면서도 자기반성이라곤 해본 적 없는 사람들인데 그들은 정작 정신과에 안 오고,* 그들에게 상처받고도 내 잘못 아닐까 자책하는 사람들만 정신과에 바글바글하다나. 이 우스개가 현실을 어느 정도 반영하는지는 알 수 없지만, 병원을 찾아 자신의 정신적인 문제를 호소하려면 어느 정도의 자기 인식 또는 성찰이 필요하다는 의견에는 무리가 없어 보인다.

문제는, 원인을 자기 탓으로 돌리는 데 익숙한 이들의 자기 성찰이 자기 책망으로 변질될 때가 많다는 것이다. 이들은 지나치게 회의한다. 내가 잘못해서, 부족해서, 미숙해서 일을 그르친 게 아닐까. 이들은 전전긍긍하느라 지친다. 폐를 끼칠까 봐, 오해를 일으킬까 봐, 실수할까 봐. 이런 초조함이 분별없이 누적되면 죄책감이라는 덩어리가 되어 마음을 짓누른다. 죄책감은 우울증이나 불안장애 등에 대표적으로 수반되는 감정이다. 병원 대기실에 유난히 사람이 많을 때 느껴지는 '죄책감의 공기'가 있다. 뭔가 잘못했다는

---

* 물론 우스개다. '아픈' 것과 '나쁜' 것은 구별되어야 할 것이다.

얼굴들. 병원은 잘못한 사람이 아니라 아픈 사람이 가는 곳인데도. 영화 〈굿 윌 헌팅〉의 명대사가 괜히 나온 게 아니다. "It's not your fault 너의 잘못이 아니야."

　　나의 주변에는 자책의 대가들, 전전긍긍의 화신들이 많다. 이들이 모두 정신과에 다니는 건 아니지만 공통적으로 우울이나 불안을 자주 경험하는 편이다. 물론 저마다 이런저런 출구를 만들고 산다. 정신이 쏙 빠지게 격렬한 운동을 한다거나 하염없는 산책을 한다거나 집 안의 서랍이란 서랍은 다 열어 온갖 가재도구를 재배치한다거나. 출구는 하나가 아니라 여러 개일수록 좋다는데 나는 그들과 '기러기'라는 출구를 공유하고 싶다. 또다시 죄책감과 자기혐오에 빠질 어느 늦은 밤을 위해 머리맡에 상비해 둔 시, 메리 올리버의 〈기러기〉.*

　　착하지 않아도 돼.
　　참회하며 드넓은 사막을
　　무릎으로 건너지 않아도 돼.
　　그저 너의 몸이라는 여린 동물이

---

* 　메리 올리버, 〈기러기〉, 《기러기》(민승남 옮김, 마음산책), 2021년, 163쪽.

31

사랑하는 걸 사랑하게 하면 돼.

이 시는 나의 또 다른 약이다. 어제 먹은 약을 오늘 또 먹듯 이미 알고 있는 시를 다시 읽는다. 매번 착하게 굴 필요는 없대. 자신을 상하게 하면서까지 반성하지는 않아도 된대. 연약한 부분을 감추지 않고 내버려두어도 괜찮대. 병원에서 죄책감의 공기가 느껴지는 날, 나는 대뜸, 이 시를 나누고 싶어진다. 저기 혹시, 〈기러기〉라는 시 아세요? 메리 올리버라고, 미국인들이 가장 사랑하는 시인의 가장 유명한 시인데요……. 우리나라에선 '네가 누구든, 얼마나 외롭든'이라는 구절로 유명하기도 한데, 제가 좋아하는 건 그 부분보다도…….

물론, 그러고 싶은 마음은 언제나 꾹 참는다.

착하지 않고, 자학하지 않고, 그저 사랑하게 내버려둔 결과는 무엇일까. 이 시에는 "그러는 사이/동안에도 meanwhile"라는 말이 세 번 나온다.

그러는 사이에도 세상은 돌아가지.
그러는 사이에도 태양과 투명한 조약돌 같은 비가
풍경을 가로질러 지나가지,
(…)

그러는 동안에도 기러기들은 맑고 푸른 하늘을 높이 날아 다시 집으로 향하지.

"그러는 사이에도" 세상은 멀쩡하게 돌아간다. 착하지 않고, 자학하지 않고, 그저 사랑하게 내버려두어도 세상은 아무렇지 않다. 심지어 아름답다.

벽 너 머 에 사 람 이 있 음

한때 자동차 사이드미러에 적힌 문구가 시적이라고 생각했다. 모든 차에 있는지는 잘 모르겠다.

'사물이 (거울에) 보이는 것보다 가까이 있음'.

사이드미러에 쓰이는 볼록거울이 넓은 시야를 확보해주는 대신, 대상을 실제보다 멀리 있어 보이게 해서 이런 경고문이 붙었다고 들었다. 차를 타고 가다 이리저리 바꿔 보곤 했다.

사람이 보이는 것보다 가까이 있음
사람이 보이는 것보다 어둡게 있음
사람이 보이는 것보다 복잡하게 있음
사람이 보이는 것보다 깊이 있음
사람이 보이는 것보다 외롭게 있음
사람이 보이는 것보다 힘들게 있음
사람이 보이는 것보다 불안하게 있음

사람이 보이는 것보다 떨고 있음

사람이 보이는 것보다 애쓰고 있음

사실 그렇지. 겉으로 아무렇지 않아 보여도. 내가 마주치는 모든 것, 모든 이들이 애쓰고 있다는 걸 안다.

희한하게도, 우울증이 심했을 때는 그런 생각이 안 들었다. 나만 애쓰는 게 아니라 남들도 다 애쓰며 산다는 당연한 사실이 잘 믿어지지 않았다. 나를 제외한 온 세상이 축제 중인 것처럼 느껴질 때도 있었다. 그 자체가 병증이었을지도.

한번은 뭐라도 먹으려고 집 근처 식당에 갔는데, 맞은편 테이블에 여성 두 명이 앉아 있었다. 그들은 평범하게 식사를 하며 대화를 나눴다. 각자 퇴근하고 만난 친구 사이 같았다. 둘 다 모직 코트를 입고 있었는데, 정말 이상한 일이지만, 나는 그 모직 코트 때문에 밥 먹다 말고 갑자기 눈물을 쏟았다. 그들이, 두꺼운 패딩 점퍼를 입은 나와 너무나 다른 존재 같았기 때문이었다. 저들은 하루치의 노동을 마치고 평화로운 저녁을 맞이했구나. 저들의 하루는 단정하겠지, 저 모직 코트처럼. 나의 하루처럼 둔하지 않겠지. 방만하지 않겠지. 그들이 반주로 주문한 맥주를 마시기 시작했을 때 나는 그것이 그들의 안녕을 기념하는 축제의 술처럼 보였다.

영원히 알 수 없다. 그들 중 하나가 그날 해고를 당했는지도. 그들 중 하나가 혹독한 이별을 겪었는지도. 그래서 그들은 해고나 이별에 관해 이야기하고 있었는지도 모른다. 하지만 고통에 시야가 가려졌던 내게 그들은 단순히 축제의 주인공이었다. 모직 코트를 입고 있었다는 어이없는 이유로. 누구도 타인의 벽 너머를 알 수 없다는 사실, 그 사실에 대한 감각을 나는 완전히 상실한 상태였다.

건강한 사람이라면, 모든 사람에게 보이지 않는 벽이 있다는 걸 안다. 벽 너머에는 각자의 고통이 있다는 것도.

로맹 가리는 〈벽〉이라는 제목의 짧은 소설을 썼다.

새해를 하루 앞둔 날, 한 청년이 자살한다. 유서에 따르면 그에겐 아무것도 없었다. 가족도 친구도 돈도. 연말의 추위와 외로움이 청년을 습격했다. 하지만 '그 소리'를 듣지만 않았어도 청년은 목을 매지 않았을지도 모른다. 얇은 벽 하나를 두고 옆집에서 흘러나온 소리. 청년이 남몰래 좋아하던, 천사같이 아름다운 아가씨로부터 들려오던 소리. 여자의 방에서는 그날 밤, 흔들리는 침대가 삐걱거리는 소리와 함께 신음이 새어 나왔다. 한 시간이나 계속된 그 소리는 청년의 외로움을 절망으로 치닫게 했다.

청년의 사망을 확인한 의사는 그의 방과 벽을 맞댄 옆

집에서 또 하나의 주검을 발견한다. 청년이 사랑했던 여자역시 같은 날 세상을 떠난 것이다. 청년이 교성이라고 생각한 신음 소리는 여자가 비소 중독으로 죽기 전 고통에 몸부림치는 소리였다. 여자도 유서를 남겼는데, 청년의 것과거의 동일했다. 고통스러운 고독과 삶에 대한 총체적인 혐오감.

패딩은 죄가 없다. 따뜻할 뿐이다. 겨우내 입고 깨끗하게 빨아 옷장에 넣었다.

노 을 을 빼 먹 지 않 으 면

당시엔 국민학교였던, 초등학교 다니던 어린 시절 단짝 친구 K에게 충격받은 기억. K가 간밤에 자기 엄마와 아빠가 크게 다툰 이야기를 들려준 날이었다. 비난과 질시, 고성이 오가는 흔한(?) 부부 싸움이었던 듯했다. K를 위로해 줄 심산으로, 많이 무서웠을 텐데 잠은 잘 잤는지 물어보자 돌아온 대답. "뭐가 무서워? 난 엄마랑 아빠랑 싸우면 누가 이기나 궁금해서 문틈으로 계속 구경하는데?"

K의 천진한 미소에 할 말을 잃었다. 부모가 싸우는데 '구경'을 한다고? 이불 뒤집어쓰고 양손으로 귀를 막거나, 방 한구석에 쪼그려 앉아 무릎을 감싸지 않고? 소리가 밖으로 새어 나갈까 봐 숨죽여 흐느끼지 않고?

나는 그때까지 부모가 다투면 우주가 뒤흔들리는 듯한 공포를 느끼는 게 어린이로서 당연한 줄 알았다. 얼빠진 기분은 질문으로 이어질 수밖에. 부모의 다툼을 목격했을 때 흥미롭게 구경하는 아이와 그러지 못하는 아이의 차이점은 무엇인가. 돌아보면 K는 웬만한 일엔 불안을 느끼지 않는 아이였다. 그는 주로 궁금해하고, 시도하고, 모험했다. 반면에 나는 사소한 일에도 겁을 집어먹고 파국적인 상상을 하는 아이였다. 두려워하고, 몸을 사리고, 숨어들었다. 나중에 알았지만 이러한 사고방식의 차이는 한 사람이 에너지를 사용하는 패턴에 지대한 영향을 미친다. 나의 에너지는 (외부 세계의 침입을 방어하려는) 내면의 소란을 감당하는 데 주로 쓰였고, 그런 패턴으로 발달해 버렸다.

내면의 소용돌이가 너무 커서 그걸 처리하느라 에너지를 거의 소진하다 보면, 외부 세계로 유연하게 주의를 돌리지 못한다. 부모의 다툼조차 호기심의 대상으로 여겼던 K는 바깥 세계로 자연스럽게 확장되는 에너지를 타고난 아이였을 것이다. 나는 그 반대였을 것이고. 그게 기질의 차이라면 좀 억울한 감이 없지 않지만 어쩌겠나. 타고나지 못한 부분은 연습으로 단련할 수밖에. 나 같은 타입은 안으로 응축하려는 에너지를 분산시키기 위해 품을 들여야 한다. 후천적인 노력이 반복되면 에너지의 방향을 바꿀 수 있다. 과학적으로 그렇다. 신경가소성* 때문이라고 한다. 사람 안

---

* 특정한 경험과 환경요인에 따라 뇌가 스스로 신경회로를 바꾸는 성질. 내가 너무 좋아하는 단어다.

바뀐다는 말은 사실이 아니다.

꼭 나 같은 타입이 아니라도, 사람들이 '기분'을 전환하기 위해 하는 여러 행동들 또한 에너지를 바깥으로 돌리려는 노력의 일환이다. 산책하기, 음악 듣기, 샤워하기, 책 읽기, 운동하기, 식물이나 동물 돌보기……. 모두 외부 세계를 향한 오감을 깨워 '바깥'으로 에너지를 흐르게 하는 활동들이니까. 특히 아름다운 것을 바라보는 행위는 주의를 돌릴 수 있는 가장 쉬운 방식 중 하나. 쉽게 닿을 만한 곳에 아름다운 대상이 구비되어 있다면 유리하다. 작은 컵 하나라도. 좋아하는 색깔 하나라도.

나에겐 그게 저녁노을이다.

사위어가는 태양에서 우러나는 하늘의 붉은빛. 누구에게나, 언제나, 대가 없이 구비되어 있는 것. 하루에 꼭 한 번, 때를 놓치지만 않으면 볼 수 있는 것. 아주 작은 별에 살았던 어린 왕자는 의자를 조금만 옮기면 수시로 저녁놀을 감상할 수 있었다던데. 어느 외로웠던 날에는 그것을 마흔세 번이나 보았다던데. 저녁놀을 볼 때 에너지는 바깥으로 흐른다. 얼었던 수도가 녹듯이. 내 안에 고여 있던 것들이 흘러 없어진다. 과거, 회한, 미래, 불안, 그리고 나 자신.

조금 용감해져서, 삶이 두렵지 않다고 느낄 때도 있다. 저녁노을은 매일 있으니. 비록 짧은 순간이라 해도 삶을 두렵지 않다고 여기면 뇌는 조금씩 '두렵지 않음'을 학습할 것이다. 오늘 치의 저녁놀만큼 달라진 인간이 될 수도 있다.

외부 세계의 아름다움을 인식하는 힘은 결코 사소하지 않아서, 극한에 내몰린 인간에게도 삶의 기운을 건넨다. 정신과 의사인 빅터 프랭클은 아우슈비츠에서 다른 수용소로 이송되는 도중 우연히 목격한 저녁놀에 대해 썼다. "호송열차의 작은 창살 너머로 석양빛으로 찬란하게 빛나는 잘츠부르크 산 정상을 바라보는 우리의 얼굴을 보았다면, 그것이 절대로 삶과 자유에 대한 모든 희망을 포기한 사람의 얼굴이라고는 믿지는 못했을 것"*이라고. 그는 당장 내일까지 삶이 이어질지 알 수 없는 상황에서도 저녁이 되면 서쪽 하늘을 바라봤다. 희멀건 수프 그릇을 들고.

또 수많은 사람들. 각자의 이유로 노을이 필요한 사람들. 자꾸만 안으로 가라앉아 파고드는 에너지를 한번 더 일으켜 흐르게 했던 이들의 규칙적인 용기를 상상한다. 우리는 같은 노을을 보고 있다. 우리가 닿은 세계는 같다. 세계는 우리를 끊임없이 시험하지만 동시에 매일의 석양을 빼먹지 않음으로써 우리를 살게 한다.

---

* 빅터 프랭클, 《빅터 프랭클의 죽음의 수용소에서》(이시형 옮김, 청아출판사), 2020년, 81쪽.

41

오 억 만

　　요즘 나의 별명은 '오억만'이다. 딱 5억만 있으면 좋겠다고 시도 때도 없이 말하고 다니기 때문이다. '시도 때도 없다'는 게 핵심이다. 10년 가까이 사용하고 있는 노트북이 말썽일 때마다 중얼거린다. "오억만 있었어도 노트북 당장 바꿀 텐데." 반려동물을 들이고 싶은 마음이 일어날 때 "오억만 있으면 좋겠다, 고양이 키우게" 하고, 주방에서 대파를 어슷어슷 썰다가 문득 허리를 펴고 "오 이런, 오늘도 오억이 없네" 한다. 이탈리아 여행을 다녀온 친구에게 지중해의 아름다움에 관하여 듣고는 "오억이 생기면 나도 이탈리아에 갈 거야" 대꾸한다. 단골 국숫집이 가격을 2000원이나 올린 것을 알고 시름에 잠겼을 때도 탄식한다. "아 진짜, 내가 오억만 있었어도……."

　　그러니까, 오억만의 5억 타령에는 맥락도 논리도 없다. 만일 복권에 당첨되어 갑자기 5억 정도가 생긴다 해도 오억만은 그걸 어디에 어떻게 쓰는 게 합리적인지 모를 것이다.

5억은 일종의 심리적 안전기지 같은 것이다. 아무 근거도 없이, 일단 손에 쥐기만 하면 모든 걸 해결해 줄 것 같은 마술봉, 불안과 결핍을 일시에 소거해 주는 판타지, 초조하고 갈급한 마음의 신기루. 오억만에게 질문이 날아든다. 왜 하필 5억이냐고. 15억도 50억도 아니고.

5억은 당연히 큰돈이다. 오억만이 가져본 적도 잃어본 적도 없는 돈. 개인이 구매할 수 있는 품목 중에 그가 상상할 수 있는 가장 값비싼 것인 부동산, 즉 '집'을 살 수도 있는 돈이다. 서울, 방 세 개, 신축 아파트 같은 기준을 내려놓는다면. 차로 말할 것 같으면 (초고가의 수입차는 빼고) 대충 열 대에서 스무 대까지도 구입할 수 있는 걸로 알고 있다. 하지만 오억만에게 그렇게 많은 차는 전혀 필요가 없다. 운전면허증이 없다. 또 무얼 할 수 있을까. 세계 일주도 할 수 있을 것이다. 초호화 크루즈 같은 걸 몇 달간 타도 별 타격이 없을 것이다. 시인 도로시 파커처럼 호텔에 살기를 선택한다면, 서울 시내 5성급 호텔의 디럭스룸 정도에서 3년 가까이, 일반 호텔에서는 13년까지도 거주할 수 있는 것으로 계산된다. 음, 또…… 수천만 원이라는 에르메스 버킨백을 살 수도 있고, 그보다 더 비싼 주얼리나 손목시계 같은 것도 부드러운 마음으로 구매할 수 있을 것이다.

5억에 대한 상상력이 이렇게 빈곤한 걸 보니 오억만은

역시 5억이 어떤 돈인지 모른다. 하지만 그가 5억에 관해 진짜로 몽매한 기분이 드는 순간은, 5억이던 아파트가 수년 새 10억이 됐다는 말들을 들을 때다. 이때 5억이라는 돈은 어디에서 온 것일까? 혹은 (구매자 입장에서) 어디로 간 것일까? 움직이지만 볼 수도 만질 수도 없는 이것은 무엇일까? 꿈 같은 걸까? 꿈이라면 길몽일까, 악몽일까? 오억만은 어슷어슷 썰어놓은 대파를 락앤락에 담아 냉동실로 옮기며, 아기 고양이의 재롱을 포착한 쇼츠를 보며, 국숫집에서 2000원을 더 지불한 뒤 어쩐지 맛이 예전만 못하다고 느끼며 곰곰 생각해 본다.

그렇다고 오억만의 5억 타령에 아주 근거가 없는 것은 아니다. 오억만은 직장을 그만두었다. 지병이 악화해 정상적인 업무를 수행할 수 없었다. 소설가 김애란의 오래전 표현을 빌리자면 '용서를 비는 애인처럼 돌아오는 월급날'이 사라진 데 대해 오억만은 잔뜩 쫄아 있다. 애인이 돌아오지 않으므로 당황스러운 마음을 감출 길 없다. 오억만의 동거인이자 그를 부양하는 B는 반복적으로 말한다. 쫄지 말라고. 몸이 우선이라고. 건강을 지키는 일 외에 지금 네가 해야 할 일은 없다고. 오억만은 수긍한다. 수긍하되 소망하는 것이다. 어느 커다란 나무 아래에서 입을 쩍 벌리고 있으면 5만 원권이 백 장씩 묶인 돈다발 백 개가(오억만은 방금 이

걸 셈하는 데도 계산기를 동원했다) 낙과처럼 우수수 떨어졌으면 좋겠다고. 돈다발에 맞으면 찰과상도 짜릿할 것 같다고. 동시에 건강하게 지내고 싶다고. 소망하는 데는 돈이 안 들지만 아프면 돈이 들기 때문이다.

이름을 몰라야 사탕인 경우

여덟 살 조카는 이제 읽고 쓸 줄 안다. 올해 입학한 학교에서 '어제 우산 빌려줘서 고마워. 난 네가 참 좋아. 우리 사이좋게 지내자♡' 같은 쪽지를 받아 오기도 하고 답장도 열심히 쓴다. 아직 핸드폰이 없기에 제 엄마의 것을 몰래 빌려(?) 나에게 카톡도 보낸다. '이모, 모 해요? 전 목욕했어요.' 내가 부리나케 답장하면 아이는 그에 적절한 말을 또다시 전송하고, 그렇게 한참을 대화한다. 텍스트로만.

아직 띄어쓰기와 맞춤법이 완벽하지 않아 서툰 문장은 많아도, 아이는 이제 명백히 문자의 세계에 진입했다. 나는 그것이 대견하면서도 한편으로 그가 '까막눈'이던 시절을 떠올리며 애틋한 심정이 되고 만다. 글자를 모르는 아이를 바라볼 때는 뭐랄까, 그에게 도달하는 세상의 자극이 얼마나 원색적일지, 그런 자극에 둘러싸인 삶은 얼마나 원초적일지 궁금해지곤 했다. 나는 글을 깨치기 이전의 나를 기억할 수 없으므로 문자라는 필터를 통과하지 않은 무구한 세계를 짐작할 수 없다.

한번은 아이가 물티슈 뚜껑을 열려고 애를 쓰고 있길래 도와줬더니, 이내 울상이 되어 말했다. "이거 물티슈예요? 물티슈면 겉에 물티슈 그림을 그려놓아야지, 이렇게 달콤한 사탕 같은 그림을 그려놓으면 어떡해요?" 아이는 그게 사탕 봉지인 줄 알았던 것이다. 그제야 찬찬히 다시 보니 정말로 작은 도넛, 빵, 사탕 등의 형태가 자잘하게 그려져 있었다. 겉 포장에 크게 박힌 브랜드 이름만을 습관적으로 인식한 나는 그런 게 그려져 있는지조차 몰랐다. 이름을 불러야만 꽃이 되는 경우도 있지만 이름을 몰라야만 사탕인 경우도 있음을, 실망한 아이를 달래며 알았다. 물티슈임을 깨닫기 전까지 달고 황홀했던 아이의 세계. 순전한 이미지의 세계. 오롯한 감각의 세계.

그런 세계를 우리 모두는 한때 가졌을 것이다. '붉다'라는 글자보다 붉고, '보드랍다'라는 글자보다 보드랍고, '새소리'라는 글자보다 더 경쾌한 새의 소리가 있는. 기호의 체계에 들어서고 생각의 회로에 익숙해지면서 멀어진 세계. 그러나 몸 어딘가 새겨져 있을지도 모른다. 새겨져 있다가 간간이 소환되곤 한다. 예컨대 이국을 여행할 때. 지금, 여기에 발붙인 순수한 경이. 낯선 언어의 공간에서 아름다움을 감지하기가 더 수월한 것은 문자라는 필터에 가려지지 않은 오감이 모처럼 예민해지기 때문 아닐까.

정신의 안식에 도움을 주는 명상법들이 공통적으로 감각을 강조하는 것도 같은 이치일지 모른다. 먹을 때는 맛에, 만질 때는 촉감에, 들을 때는 소리에, 볼 때는 형태와 색에, 냄새가 날 때는 냄새를 맡는 데만 집중하라. 얼핏 당연한 얘기 같아도, (더는 아이가 아닌) 인간은 사실 볼 때도 들을 때도 먹을 때도 틈만 나면 딴생각에 휘말려 불안의 자가발전을 멈추지 않기 때문이다. 오늘 A는 내 카톡을 왜 씹은 걸까, 어제 보낸 이메일엔 회신이 왔을까, 곤두박질친 주식은 어째야 하나, 왜 계절이 바뀔 때마다 옷이 없나, 작년에는 벗고 다녔나, 이번 달에도 믿기지 않는 카드 명세서 수령한 나 자신을 용서할 수 있을까, 5억은 언제 생기나…….

생각은 부지불식간에 문자로 이뤄지기 마련이고, 계발하지 않는 감각은 퇴화하기 마련이다. 증명된 바 있는지 모르겠으나, 나는 한 인간이 문자 이전의 단계에서 오감의 풍요를 얼마나 충분히 경험했느냐에 따라 성인 이후 감각의 역량도 달라지지 않을까 생각해 본다. 그래서 서너 살에 한글 읽는 자녀를 둔 부모들에게 '비법'을 묻고, 젖먹이 시절부터 책을 접하게 했다는 부모의 흐뭇함을 담은 인터뷰를 접할 때마다 혼자 의문을 가져본다. 그게 꼭 좋은 걸까. 어차피 생의 대부분을 문자로 인식하며 살아갈 텐데 문자 이

전의 세계를 굳이 단축해야 할 이유가 있을까. 문자 이전에는 물티슈도 (잠시나마) 사탕 가득한 봉지가 되고, 꽃은 '꽃' 이상이 될 텐데. 아름다움은 '아름다움'이 가두지 않을 텐데.

우울증 등으로 행복감이 차단되면 실제로 감각이 둔해진다. 맛이 잘 느껴지지 않고 강렬한 것을 보아도 전혀 강렬하지 않으며 어떤 자극도 그다지 자극적이지 않다. 감각은 텅 비어버리고 텅 빈 감각은 다시 행복감을 차단하는 악순환이 계속된다. 극심한 우울 에피소드를 겪은 이후 나는 여러 가지 감각에 집중하는 연습을 계속하고 있다. 그중 하나는 많은 심리학 책에서 언급하는 것이기도 한데, 발바닥이 땅에 닿는 감각을 인식하는 것이다. 걸을 때나 서 있을 때 발바닥이 지면과 맞닿는 촉감에 의식적으로 집중하면 구체적인 현실감 같은 게 느껴진다. 세상에 고스란히 속해 있다는 현실감. 땅속에 뿌리 내린 나무처럼. 안전하게. 현실을 단단히 딛고 있는 사람은 쉽게 쓰러지지 않고 과거나 미래로 달아나지 않는다.

걸을 때도 마치 도장을 찍듯 발걸음에 꾹꾹 힘을 줘본다. 그러면 내가 지금 이 땅에 그저 존재하고, 존재하는 일 자체 말고는 그다지 중요한 게 없는 것 같아 마음이 잠시나마 가벼워진다. 비록 이 느낌 또한 문자로 표현하고 있지만.

그래도 힘내요

힘내라는 말은 때로 무례일까. 실의에 빠진 상대방의 처지를 섬세하게 헤아리지 않고 그저 빨리 떨쳐 일어나라는 독촉일까. 그렇게 들릴 수 있다. 힘내기 싫어서 힘든 게 아니니까. 힘내지 않아서 힘든 일을 겪는 건 아니니까. 특히 깊은 우울을 앓는 사람에게 함부로 힘내라는 말을 하지 말라고들 한다. 전문적인 치료를 요하는 병을 개인의 의지 문제로 여기면 안 되기 때문이다. 당연하다. 의지가 부족해서 우울한 게 아니다. 하지만 그렇다고 해서, 우울에서 벗어나는 데에 의지가 전혀 필요하지 않은 것은 아니다.

의사는 내게 아침에 일어나 먼저 청소를 하라고 했었다. 집 전체 말고, 가장 작은 방 하나만 우선 청소해 보세요. 그렇게 하려면 작은 방 하나 청소할 힘 정도는 내야 했다. '힘내요'라고 말하지 않았지만 사실 같은 뜻인 걸 지금의 나는 안다.

고대 그리스부터 18세기에 이르기까지 우울증을 비

롯한 대부분의 정신병리(멜랑콜리)는 몸속의 '검은 액체'로 설명되었다. 멜랑(검은), 콜리(담즙). 몸에서 검고 무거운 액체가 과도하게 생성되면 극단적인 비애나 공포, 망상 같은 정신적인 문제가 일어난다는 가설. 몸속에 '검은' 무언가가 있어서 우울해진다니 오늘날 듣기엔 얼토당토않지만. 그럼에도 나는 종종 상상하게 된다. 우울이 정말로 몸속의 구체적인 물질이라면 얼마나 좋을까. 병원에 갈 때마다 피를 뽑아 그 정도를 확인할 수 있다면! 오늘 혈액 검사 결과 우울 물질이 30멜랑콜리그램 측정됐습니다. 6주 후에는 10멜랑콜리그램 이하로 떨어질 것으로 예측됩니다. 그런 말을 들으면 견디기 어렵지 않을 텐데. 고통에 필요한 건 기약이니까. 기약이 주는 믿음. 거의 다 왔다는, 끝나간다는 믿음.

하지만 누구도 기약해 주지 않을 때, 그래서 어디까지 왔는지 여기가 어디인지 알 수 없을 때, 의지는 결코 사소하지 않다. 오늘날의 의학은 우울증이 (검은 액체가 아니라) 뇌 기능의 문제라고 보기 때문이다. 뇌에 어떤 영향을 주면 감정에 변화가 나타난다. 이를 근거로 항우울제 등의 약물이 처방된다. 이것은 의사가 할 일이다. 그런데 역으로, 감정에 먼저 어떤 영향을 줘도 뇌에 변화가 나타난다. 기분을 나아지게 만들려는 의지가 (성공하면) 뇌 기능을 회복시

킬 수 있다. 이것은 우울을 겪는 이 스스로가 할 일이다.

내가 힘을 내면 뇌가 힘을 낸다. 나는 그렇게 이해했으므로 힘을 냈다. 작은 방을 청소할 힘, 짧은 산책을 할 힘, 세탁기에 빨래를 넣고 버튼을 누를 힘, 아무 말도 하고 싶지 않지만 굳이 누군가의 카톡 창을 열어 오늘 청소를 했다고 메시지를 보낼 힘을 냈다. 그렇게 힘을 내서 한 일들의 목록을 적고 성취의 감정을 작게나마 얻으려 했다. 작은 감정들이 모이고 쌓여 나의 뇌는 차츰 우울을 지워갔다(고 나는 믿는다).

그래서 나는 힘내라는 말을 싫어할 수 없다. 힘을 내서 네 감정을 조금만 바꿔봐. 작은 노력을 들여서 기분을 낫게 만들어봐. 힘내라는 말은 내게 그렇게 해석된다. 내가 사용할 때도 그렇다. 내가 만일 당신에게 "힘내요" 하고 말한다면 그건 힘내서 맛있는 음식을 먹어보고, 힘내서 좋은 향기를 맡아보고, 힘내서 아름다운 것들을 찾아보고, 힘내서 고운 소리를 들어보라는 뜻이다. 조금만 힘을 내서 삶의 질서 안으로 당신 자신을 초대하라는 뜻이다.

대단한 것을 해내야 한다는 말이 아니다. 괴테는 삶의 모든 즐거움이 외부 세계의 반복적인 리듬에 마음을 여는 데 있다고 말했다. 낮과 밤이 바뀌고 계절이 바뀌고 꽃과 열매가 바뀌는 것. 일정한 주기로 돌아오는 모든 것. 그 "감미로운 유혹"을 받아들여야 한다고 말했다. 우리는 유혹을 거절하지만 않으면 되는 것이다. 낮과 밤과 계절과 꽃과 열매를 느낄 정도의 힘이 필요하다. 그러지 않으면 "그때 가장 큰 고통, 가장 심각한 병이 엄습한다. 우리는 삶을 구역질 나는 짐으로 간주하게 된다."*

---

*   요한 볼프강 폰 괴테, 《시와 진리》(장 스타로뱅스키, 《멜랑콜리 치료의 역사》(김영욱 옮김, 읻다)에서 재인용).

2부

삶 쪽으로

청 수 사

교토에서 묵었던 숙소에서 청수사淸水寺까지는 도보로
30분 거리였다. 걷자고 하는 여행이니 따로 교통편은 알아
보지 않고 구글 맵을 보며 천천히 걸었다. 나는 이 30분을
영원히 잊지 못할 것 같은데, 교토의 골목골목을 돌고 꺾고
가로지르는 동안 도시의 정경에 완전히 반해버렸기 때문이
다. 작고 오래된 목조 가옥들, 사이사이의 아기자기한 상점
들, 도시를 시원하게 적시는 카모강의 물줄기, 곳곳에 자리
잡은 아담한 사찰과 아름다운 정원, 적당한 사람들과 차들
과 자전거들의 밀도가 빚어내는 알맞은 질서와 활기……

무엇보다 하늘. 높은 건물이 없어 손에 잡힐 듯 파랗게
펼쳐진 하늘과 하얀 구름과 조금 멀리, 도시를 둘러싸고 있
는 산등성의 또렷한 윤곽은 옮기는 걸음마다 하염없는 평
화를 더해줬다. 무얼 특별히 하지 않아도, 그곳에 있는 것만
으로도 온몸에 싱싱한 기운이 충전되는 듯했다. 꺼질 틈 없
이. 교토의 명물이라는 벚꽃이 없어도 충분히 완벽한 5월,

늦봄이었다.

완벽한 풍경 속에서 지난겨울의 어느 날을 떠올리지 않을 수 없었다. 12월이었고, 나는 시간관념을 잃은 채 누워 천장만 쳐다보고 있었다. 두 번의 입원과 퇴원을 반복한 이후였다. 그날은 눈을 뜨자마자 유독 크고 음습한 안개가 짓누르는 듯 전신에 압력이 느껴졌다. 일상의 모든 의욕을 잃은 지는 오래였지만 이상하게 그날은 유난히, 더는 안 되겠다는 느낌에 강하게 사로잡혔다.

아픔을 받아들이는 방식에도 성적을 매길 수 있다면, 나는 그동안 모범생 축에 들었다. 회사에 휴직을 신청하고, 밥을 거의 넘기지 못하고, 물을 삼킬 수 없는 지경에 이르기 전에 서둘러 입원해야 한다는 주치의의 권유에 따라 입원하고, 퇴원하고, 호전되지 않아 다시 입원하고, 역시 호전되지 않은 상태로 다시 퇴원하는 동안 '여기가 바닥인가'라는 생각을 여러 번 하면서도 내게는 낫고자 하는 의지가 있었고 나아야 할 이유들이 있었다. 그런데 그날은 달랐다. 검은 개의 날. 지난 시간이 검은 개와 '함께한' 날이었다면 그날은 오직 검은 개의 날이었다. '그만 촛불을 꺼.' 생각의 흐름은 어떤 논리나 기승전결 없이, 폭우로 개천이 불어나듯 순식간에 의식을 집어삼켰다. 바로 전날 밤까지만 해도 힘들게나마 나를 삶 쪽으로 붙들었던 이유들이 거짓말처럼 사라졌다.

고작 반년 전의 일이었다.

청수사로 올라가는 언덕의 중턱에서 소프트아이스크림을 사 먹으며 나는 몇 번이고 말했다.

"아, 좋다."

나는 교토가, 이 여행이, 이 언덕이, 이 걸음걸음이, 이 아이스크림이, 그리고 이 삶이 분명히 좋다고 느끼고 있었다. 의심할 여지가 없는 '좋음'이었다. 거절할 수도, 비교할 수도 없는 좋음. 더할 나위 없는 좋음. 어린아이가 네잎클로버를 건네며 난 네가 참 좋아, 할 때의 좋음. 生きてて良かった 살아 있어서 다행이야. 맛있는 걸 먹고 나서 하는 말이라고도 한다. 소프트아이스크림을 먹으며 중얼거린 '좋다'라는 말은 정확히 그 문장을 가리켰다. 겨우 남은 한 줌 불씨를 스스로 불어 끄고 싶던 그날에는 내가 반년 후 이런 문장을 말할 것이라고는 감히 상상할 수 없었다.

남편은 회사에 특별히 양해를 구하고 재택근무를 하는 중이었다. 해가 뉘엿뉘엿 넘어갈 무렵이었다. 나는 그에게로 가서 검은 개에 대해 말했다. 검은 개와, 촛불과, 사라진 이유들에 대해 말했다. 남편은 놀랐겠지만, 놀랍게도, 침착하게 내 손을 잡고 택시를 불러 엄마가 머물고 있는 동생네로 나를 데려갔다. 가장 가까이 연결된 사람들이 모여 있는,

사랑하는 사람들을 한꺼번에 볼 수 있는 곳으로. 아니면 내가 그렇게 해달라고 했던가. 정확히 기억할 수 없는 부분이 있다. 병증이 심했을 때의 기억은 연기처럼 흩어지고 뒤섞인다. 다만 택시의 창밖으로 보이던 서울의 저녁 불빛과, 유령처럼 늘어져 있던 나의 손을 힘주어 꼭 잡고 있던 남편의 옆모습만은 또렷이 기억할 수 있다.

청수사에는 이름 그대로 맑은 물이 흐르는데 세 갈래로 흘러내려 오는 그 물을 마시면 건강과 행복을 누린다는 말이 전해진다고 한다. 절 입구에 가까워질수록 사람이 급격히 많아졌다. 각국에서 날아온 여행자들, 시민들, 수학여행을 온 듯한 교복 입은 학생들이 뒤섞여 걸음을 옮기기 어려울 정도였다. 애초 목적지는 청수사였지만 나는 청수사의 코앞에서, 청수사에 꼭 가지 않아도 되겠다고 생각했다. 나는 이미 건강과 행복에 닿았으니까. 아까 소프트아이스크림을 먹으면서 그것을 분명하게 느꼈으니까.

이키테테요캇타生きてて良かった.

발길을 돌려 인파를 헤치고 다시 거리로 내려왔다. 한적한 거리에 이르러 걷고 걷고 또 걸었다. 언제까지나 걸을 수 있을 것 같았다.

안 좋은 꿈은 아니고 슬픈 꿈

드라마 〈정신병동에도 아침이 와요〉를 아직 보지 않았다. 넷플릭스에 처음 공개됐을 때 남편이 지나가듯 말했다. 정신병동을 배경으로 한 드라마가 나온 모양인데 괜히 불필요한 기억을 떠올리게 할 수 있으니 안 보는 게 좋을 것 같다고. 아 그러냐고, 알았다 하고 넘겼다. 원래 드라마를 잘 챙겨 보는 편도 아니고. 다만 내가 입원했던 병동의 서가에 원작 만화가 꽂혀 있었던 게 떠올랐다. 읽지는 못했지만. 제목 좋네, 하고 스쳤던 기억이 났다.

입원 기간 동안 가장 많이 읽은 건 마스다 미리의 만화였다. 평소 굳이 찾아 읽지는 않을 종류의 책인데 어쩐지 자연스럽게 손이 갔다. 어, 마스다 미리도 있네, 이번 기회(?)에 한번 읽어볼까, 하고 잔뜩 집어 와서는 시간 가는 줄 모르고 읽었다. 입원 기간을 위해 집에서 나름대로 엄선해 챙겨 간 책들은 하나도 읽지 않았다. 휴게실 한쪽에 마련된 서가가 꽤 마음에 들었다. 수시로 기웃거리다 보니 나중에는 책 목록과 위치를 외울 지경이 됐다. 안에서 새는 바가지, 정신병동에서도 샌다.

　내가 읽은 마스다 미리는 무겁지 않고, 경솔하지도 않고, 뻔하지도 않았다. 우울증으로 폐쇄병동에 입원할 때 소지하면 좋은 책으로 추천하고 싶다. 농담이고, 입원할 일이 없는 게 물론 좋다.

　드라마에선 어떻게 그렸는지 모르겠지만 내가 경험한 폐쇄병동은 상상했던 것과 같기도, 다르기도 했다. 모든 일이 그렇듯. 입원 첫날에는 내가 '갇혔다'는 게 믿기지 않아 그야말로 나라 잃은 백성처럼 울고 있으니, CCTV로 나를 지켜보던 간호사가 병실에 들어와 티슈를 쥐여주며 말했다. "이윤주 님, 왜 그렇게 우세요. 어디 못 올 데 오신 것도 아니고⋯⋯." 순간 마음이 콕 찔리며 정신이 반짝 들었다. '못 올 데'라고 생각하지 않았다면 거짓말이다. 평생 우울을 친구처럼 여기며 정신과에 대한 편견 따위 없다고 자부했던 나인데도. 폐쇄병동이라는 단어가 불러오는 이미지들, 예컨대 감금이랄지, 격리, 철창, 강제 입원, 발작, 신체 결박, 어둠, 돌발, 위급, 사회부적응⋯⋯ 같은 것에서 그다지 자유롭지 못했던 것. 내가 '그런 곳'에 왔다는 사실을 받아들이기 어려웠던 것. 그저 병에 걸렸고, 병을 치료하려면 때로는 입원이 필요할 뿐인데도.

나를 비롯한 많은 환자들이 자의로 입원해 있었다. 자의 입원인 경우 환자가 원하면 언제든 퇴원할 수 있다. 자신이 희망한 입원 기간에 한해 밖에 나가지 못하는 걸 감금이라고 할 순 없다. 철창 같은 것도 없었다. 병실 창문은 (당연히 열리진 않았지만) 매우 크고 환했다. 햇빛 쏟아지는 한낮에 블라인드를 반쯤 내리면 적당히 포근한 조도 속에서 마스다 미리를 읽을 수 있었다. 다양한 질환을 가진 환자들이 모여 있으니 가끔 소란이 일어나기도 했지만 의료진은 누구 하나 예외 없이 물 흐르듯 능숙했고, (적어도 내가 있는 동안에는) 환자의 신체를 결박할 만큼의 위급 상황이 일어나지는 않았다. 사회부적응자들이 모인 것도 물론 아니었다.

맞은편 병실에 있던 나이 지긋한 여성과는 오며 가며 가볍게 눈인사를 나누곤 했는데 화장실에서 마주친 어느 날 그가 말을 건네 왔다. "근데 어쩌다. 잠을 못 잤어······?" 불면증으로 입원했냐는 물음이었다. 내 엄마 연배의 '여성'들이 특유의 온정과 격의 없음으로 자연스레 말 놓는 상황을 나는 싫어하지 않는다. 이를 닦으며 오물오물 대답했다. "못 자고 못 먹고 그랬죠 뭐······." "착해서 그래, 착해서. 참고 살아가지고. 막 살아야 되는데." 맥락 없는 성선설(!)에 치약 거품을 뿜을 뻔했다. 그는 갑작스레 찾아온 불안장애

63

로 최근 10킬로그램이 빠졌다고 했다. "내일 남편하고 아들이 면회 온다는데 뭐 먹고 싶은 거 없냐길래, 내가 배를 좋아하거든. 입맛이 좀 돌아서 배 두 개만 가져오라고 했는데 생각해 보니 여기서 배를 깎을 수가 없잖아. 언제 퇴원할지 몰라도 배 먹고 싶어서 오래는 못 있을 것 같아."

그럴 때 실감했다. 배를 먹을 수 없는 곳. 손톱깎이를 간호사실에서 빌려야 하는 곳. 손거울을 반납해야 했던 곳. 운동화에 달린 끈을 수거해 간 곳. 드라이기를 사용할 수 없어 샤워 후 머리가 젖은 채로 한참을 있어야 하는 곳. 연필, 볼펜, 스프링노트를 쓸 수 없는 곳. 화장실 문이 잠기지 않는 곳. 화장실에 갈 때마다 한 손으로 문을 붙잡고 있어야 했는데 어느 날 간호사 한 분이 나지막이 일러주었다. "휴지 몇 칸 뜯어서 문 사이에 끼워놓으면 안 열려요." 오, 정말 그랬다.

무슨 말을 듣긴 들었으나 뭐라고 대답해야 할지 모르겠는 순간에도 실감할 수 있었다. 여기는 정신병동이지. 병실에 들어가지 않고 하루 종일 복도에 앉아 있는 할머니 한 분이 있었다. 누가 지나갈 때마다 같은 방향을 가리키며 저기서 옷을 좀 갖다 달라고 하셨다. 처음에는 무슨 말인지 내가 이해하지 못한 줄 알고 간호사실에 물어봤다. "아, 대답하지 않으셔도 돼요." 그다음부터는 대답하지 않고 지나갔지만 마음이 편하지 않았다. 할머니가 원하는 건 뭘까. 그것은 왜 옷이라는 사물로 나타날까. 어떤 옷일까. 미성년자인지 성인인지 짐작할 수 없을 만큼 어리고 해사한 여성은 나를 볼 때마다 다급한 얼굴로 말했다. "안 되는데. 언니 그거 믿으시면." 그와 나는 서로 무얼 믿는지에 관해 대화한 적이 없지만 나는 알았다는 뜻으로 고개를 끄덕이기를 선택했다.

그래도 밤에는 모두가 잠을 잤다. 그곳은 무엇보다, 잘 잘 수 있도록 보호해 주는 곳이었다.

딱 한 번, 자다가 깨서 잠시 침대에 걸터앉아 있던 날. 핸드폰이 없으니 몇 시인지도 모를 새벽. 곧바로 간호사가 들어왔다. "왜 깨셨어요? 안 좋은 꿈 꾸셨어요?" 슬픈 꿈이었지만 안 좋은 꿈은 아니었다고 대답하는 대신, 그냥 고개를 저었다. 슬픈 일이 꼭 안 좋은 일은 아니라는 걸 배우려고 여기에 왔다는 생각이 들었다. "다시 주무실 수 있겠어요? 약을 드릴까요?" 다정한 간호사가 또 물었다. 나는 괜찮다고, 감사하다고 말한 뒤 다시 누웠다. 그가 조심스럽게 병실을 나가자 조금 외로운 기분이 들었다. 하지만 원래 자다 깨면 누구나 조금씩 외로워진다는 걸 모르지 않았다.

　　술에 취한 남편이 집에 들어오자마자 몸을 가누지 못하고 거실에 드러누워 버렸다. 회식이 있던 날. 알 수 없는 몇 마디 말들을 주워섬기다 곧 잠들었다. 이런 일로 참 치열하게 싸웠는데. 술자리, 만취, 연락 두절, 블랙아웃, 숙취, 컨디션 난조⋯⋯. 술 좋아하는 거 모르고 결혼하지 않았지만 만취한 사람을 맞이하는 일이 반가울 리 없고 그때마다 반복되는 짜증과 다툼. 나이가 들면서 그런 날이 점점 줄어들더니 최근엔 거의 없다가, 꽤 오랜만이었다. 즐거워서 마셨을까, 불편해서 마셨을까. 홀가분했겠지. 일과가 끝났으니까. 고단했겠지. 하루가 저물어가니까. 이러나저러나 몇 잔 비운 이후로는 술이 술을 마셨겠지. 술이란 그런 거니까.

　　어쩐지 안타까운 마음이 들어 흔들어 깨우고 싶지 않았다. 씻고 자, 들어가서 자, 이런 잔소리가 평소처럼 나오지 않았다. 그사이 남편은 모로 누워 몸을 둥글게 말았다. 지금쯤 난리법석일 게 뻔한 위장에 좋지 않은 자세 같아서 두 다리를 잡고 쭉 뻗게 했다. 양말을 벗기고 잠옷을 가져왔다. 오해 없길. 나는 워낙 살뜰한 배우자는 못 된다. 다만 사람의 잠든 모습에, 잠든 사람의 얼굴에, 마음이 쉽게 휘청인다. 누군가 자고 있다. 아무것도 의심하지 않은 채. 아무것도 방비하지 않은 채. 모든 욕망과 고락을 내려놓고 깜빡 생을 잊고 있다.

평균이 안 되는 체구로, 의식 잃은 성인 남자의 옷을 갈아입히기 쉽지 않다. 잠옷 소매를 두 팔에 꿰고 바지를 두 다리에 꿰는 데만 한참을 보냈다. 바닥에 붙어 떨어질 생각을 안 하는 몸통을 낑낑 들어 올려 완전히 옷을 입히고 나니 진이 다 빠져 숨을 몰아쉬어야 했다. 등줄기에 땀이 흘렀다. 숨을 고르며 그의 잠든 얼굴을 다시 바라봤다.

아주 오래전, 청춘이라는 말이 어색하지 않던 때, 일기장에 '나의 사랑을 돌이키고 싶으면 자는 모습을 들키세요'라고 썼다. 애증 가득했던 사람의 잠든 모습을 보고 난 뒤 그렇게 적었다. 진저리가 나도록 싫은 사람이라도 그의 자는 모습을 상상하면 미움이 조금 누그러졌다. 저 인간도 밤이면 자기 집으로 돌아가 체취 밴 이불 속에 몸을 뉘겠지. 비 맞은 새처럼. 잠든 사람의 눈은 더 이상 보지 않고, 입은 말하지 않으며, 팔다리는 나아가지 않는다. 그 고요와 무능이 가여워 나는 그를 차마 미워할 수 없게 된다. 한낮의 모든 야심과 오만, 배덕과 수치가 사라진 자리. 인간이 낮 동안 저지른 허물을 사하기 위해 신은 인간에게 밤잠을 허락한 게 아닐까. 악심을 멈출 시간을 잠시나마 주려고. 그동안 나 같은 누군가가 그를 향한 미움을 잠시나마 거두게 하려고. 나는 방으로 들어가 가장 높고 커다란 베개를 가지고 나왔다. 술에 취한 채로 잠들었을 때는 높은 베개로 머리를 받치는 것이 식도를 안정시키는 데 도움이 된다는 얘기를 들었다. 남편의 머리를 살짝 들어 베개에 뉘었다.

그 옆에 나도 웅크려 누웠다. 시간은 자정을 넘기고 주택가의 적막한 골목에 이따금 오토바이 소리가 지나갔다. 그리고 남편의 규칙적인 숨소리. 너는 자고 있구나. 비로소 아무것도 의심하지 않은 채. 기어이 아무것도 방비하지 않은 채. 이 순간 너의 원수가 너를 찌르러 온다 해도 너는 꿈결을 헤맬 뿐. 이 순간 너의 수호신이 그 원수를 막아선다 해도 너는 그저 몸을 뒤척일 뿐. 이 순간 세상에서 가장 약한 사람. 이 순간 내 곁에서 가장 순한 사람. 나는 내가 보아온, 가장 약하고 순한 얼굴들을 차례로 떠올려보았다. 나에게 자는 얼굴을 보인 사람들. 내가 사랑하고, 미워하고, 끝끝내 미워하지 못해 사랑한 사람들. 다 닫히지 않은 커튼 사이로 가로등 불빛이 새어들어 왔다. 암전하지 않는 도시의 밤. 그래도 사람들은 잠든다.

바닥이 서늘해 한기가 올라왔다. 잠든 사람의 몸은 쉽게 차가워지는데. 나는 조용히 몸을 일으켜 남편이 쓰는 얇은 이불을 꺼내 왔다. 발부터 조심스럽게 상체까지 덮어줬다. 잠든 사람 곁에서는 잠들지 않은 사람도 순해진다. 행여 깨울까 봐 이리저리 삼가는 마음. 그 마음은 잠든 사람이 깜빡 잊고 있는 생을 재촉하지 않으려는 마음이다. 날 밝으면 또다시 찾아올 고단한 생을 유예해 주려는 마음이다. 밤에 피리 불지 않고, 밤에 크게 떠들지 않고, 밤에 발소리 내지 않으려는 마음 모두, 그렇게 잠시 깜빡한 생을 굳이 서둘러 불러들이지 않으려는 마음이다. 잠든 사람을 가엾게 여기지 않으면 생길 수 없는. 가만히 닫힌 남편의 눈꺼풀을 보며 나는 그 마음을 오랜만에 사랑이라고 부르고 싶었다.

돌 아 올 게

　내가 정말 싫어하는 종류의 잘못을 저지르고 나서 침
울해 있던 남편이 쓰레기를 들고 나가면서 말했다.
　"쓰레기 버리러 갈게. 하지만 나는 돌아올게."
　귀여워서 참는다, 매번.

엄마의 과거

엄마가 해준 밥을 배불리 먹은 뒤 엄마 손을 잡고 여름 밤을 걸었다. 엄마와 함께 있을 때 새삼 기묘한 기분을 느끼고 싶다면? 엄마가 지금 내 나이 때 무엇을 하고 있었는지 떠올려보면 된다. 첫딸인 나는 당시 중학교 2학년, 동생은 초등학교 6학년. 여기서부터 얼떨떨한 이질감이 밀려온다. 지금 내 나이의 엄마에겐 이제 막 사춘기에 들어서거나 한창 사춘기를 통과 중인 여자애 둘이 있었다. 월요일부터 토요일까지 양복 입고 출근하는 남편과, 신혼 시절부터 함께 지내온 시어머니도 있었다. 결혼 후 지금까지 반려동물 하나 건사해 본 적 없는 나로서는 상상조차 할 수 없는 삶이다.

가로등 불빛에 달려드는 날파리들을 쳐다보다 엄마에게 물어봤다.

"어떻게 그걸 다 했어?"

"멋모르고 했지 뭐."

멋모르고 해야만 할 수 있는 일들이 있나 보다. 가령 겨우 마흔에 접어든 젊고 낭창한 여자가 매일매일 다섯 식구의 밥과 반찬을 만들고, 딸 둘의 점심 도시락을 싸서 들려 보내고, 방 세 개에 화장실 하나에 베란다 두 개가 딸린 집의 오만 살림을 정돈하고, 일찍부터 청력을 잃어가던 시어머니를 부양하는 일. 손에 쥘 수 있는 돈이라고는 남편이 다달이 월급에서 떼어 주는 최소한의 생활비뿐인데 그것을 쪼개 장을 보고 각종 공과금과 딸들의 피아노 학원비 등을 내고 난 뒤에도 기어이 남긴 몫을 쥐어짜 적금을 부으러 은행에 가는 일. 힘든 것도 힘든 거지만 무엇보다, 다 떠나서, 너무 젊지 않은가 마흔이란.

  해마다 여름이 돌아오면 아빠는 3박 4일쯤 휴가를 냈고, 우리 다섯 식구는 동해 바다로 피서를 갔다. 꼭 피서객이 가장 많이 몰리는 8월 초였다. 꽉 막힌 고속도로에서 동생과 나는 멀미에 시달리다 수시로 토했다. 귀밑에 작고 동그란 멀미약 패치를 붙인 채. 마흔 살의 엄마는 두 딸의 턱 밑에 번갈아 비닐봉지를 받쳐주었다. 에어컨을 틀면 멀미를 더 하는 딸들 덕에 활짝 열린 네 개의 차창으로 8월의 뜨거운 열기가 그대로 쏟아졌다. 땡볕 아래 밀짚모자를 쓴 사람들이 뻥튀기나 찐 옥수수가 든 커다란 봉투를 흔들며 멈춰 선 차들 사이를 지나다녔다. 뒷좌석에 만신창이가 된 여자애들이 반쯤 누워 있는 차에서는 그들을 불러 세우는 일이 거의 없었지만. 할머니는 사실 좀 드시고 싶었을 수도 있겠다는 생각이, 지금에서야 든다.

거의 한나절이 지나 멀리 해수욕장이 보이기 시작하면 우리는 조금 안도했던가. 시어머니를 포함한 다섯 사람의 짐과, 커다란 아이스박스를 가득 채우는 삼겹살과 쌀과 김치 따위와, 딸들의 구토에 대비한 비닐봉지까지 넉넉히 챙겨야 했던 엄마에게 그 피서는 정말 피서였을까. 그 또한 멋모르고 했던 일 아니었을까. 그래도 바다에 들어갔던 걸 보면 엄마도 휴가를 조금은 즐겼던 걸까. 나는 보라색 수영복을 입고 바닷물에 몸을 담그던 엄마를 기억한다. 수영모와 물안경까지 쓰고 먼바다 쪽으로 헤엄치던 엄마의 몸짓, 희고 매끄러운 팔과 다리, 간간이 들려오던 높고 환한 웃음소리를 기억한다. 그것은 돌아보면 전부, 너무너무 마흔 살 여자의 것이었다.

해변에 멋진 남자라도 지나가면 엄마도 살짝 눈길 정도는 주었을까. 수영모를 벗고 바닷물에 젖은 손으로 길고 구불구불한 파마머리를 잠시 매만졌을까. 아니 마흔이란, 너무나 그럴 나이 아닌가. 한여름 모래사장을 달구는 태양 같은 정념과 충동이 차고 넘칠 나이. 평소 화려한 옷은 거의 입지 않던 엄마가 왜 수영복은 비교적 과감한 컬러인 보라색으로 골랐을까. 1년에 한 번 보는 여름 바다에서, 평소엔 어디 됐는지 모를 정념과 충동에 손바닥만 한 자리라도 내주기 위해서였을까.

하지만 나는 또 기억한다. 마흔 살 엄마가 파라솔 아래서 틈틈이 챙겨 주었던 간식을. 우리가 물속에서 막 빠져나오자마자 달려와 몸에 둘러주었던 타월을. 조개껍데기 조각에 찔려 발바닥을 다쳤을 때 재빨리 건네주던 반창고를. 해변 한구석에 앉아 하염없이 뭔가를 줍고 모으던 할머니 쪽을 향해 내뱉은 작은 한숨을. 예상은 빗나가지 않고, 할머니가 양손 가득, 파도에 떠밀려 온 지 오래돼 거뭇하고 시들시들한 해초 더미를 들고 왔을 때, 그리고 그걸로 저녁 반찬을 하겠다고 했을 때, 엄마는 그 어떤 정념이나 충동 같은 건 차갑게 잊고 말해야 했다. "그건 못 먹는 거예요, 어머니." 할머니가 고집 피우려는 기색을 비치면 아빠가 거들었을 것이다. "더러워서 못 먹어, 그거." 눈치 빨랐던 동생과 나는 할머니의 손에 들린 산더미 같은 해초를 얼른 빼앗아 다시 바다에 버리러 갔다.

"시원한 데 좀 앉았다 갈까."

엄마와 나는 잔디 옆 벤치에 나란히 앉았다.

"그래도 마흔일 때는 상황이 나았지. 막 결혼해서 너

낳았을 땐 너네 삼촌하고 고모까지 한 집에 있었으니까.”

“……그때 심지어 하숙집까지 했잖아.”

“그렇지.”

“어렸을 때라 잘 기억 안 나지만 하숙생이 열 명은 됐던 거 같은데…….”

“그래도 손이 많으니 애 보는 건 덜 힘들었던 거 같기도 하고. 애는 누가 보려니 하고 난 계속 빨래만 했던 거 같기도 하고.”

“……”

“근데 사실 다 잘 기억이 안 나.”

내가 밤하늘을 올려다보는 사이, 엄마가 탁! 정강이 쪽을 손바닥으로 내리쳤다.

“모기 있어?”

“그러네. 그냥 걷는 게 낫겠다.”

우리는 이미 한 바퀴 돌아온 길을 다시 걸었다. 최근에 감기에 걸려 호되게 앓은 엄마의 옆얼굴이 좀 수척해 보였다. 엄마가 앓는 동안 내가 한 일이라곤 소고기 조금 배송시킨 것밖에 없었다. 마흔의 엄마는 내 세계의 모든 일을 관장하는 우주의 여신이었지만, 마흔의 나는 고작 스마트폰 터치할 생각밖에 못 한다. 비웃듯, 일제히 높아지는 풀벌레 소리.

두 고모

할머니의 장례식장에서 큰고모는 내게 귓속말로 '구루 뿌'를 사다 줄 수 있겠냐고 했다.

"어제 급하게 오느라 머리가 엉망이라서……."

퉁퉁 부은 눈에 특유의 수줍음이 가득했다. 나의 손에 지폐 몇 장을 쥐여주며, 다른 손으로는 부스스한 머리카락을 쓸어 올리며 큰고모는 엷게 웃었다. 전날 밤, 할머니의 부고를 듣고 바로 호주에서 날아온 그는 장례식장에 도착하자마자 짐 가방을 떨어뜨리더니 무릎 꿇고 엎드려 소리 내 울었다. 호주로 이민 간 지 수십 년, 엄마의 임종을 지키지 못한 큰딸의 마음을 나는 헤아리기 어려웠다. 그런데 구루뿌라.

장례식장 근처에 동대문시장이 있었다. 큰고모는 거기서 구루뿌를 살 수 있을 거라고 했다. 나는 알겠다고 하고 동생과 함께 빈소를 나섰다. 아침 댓바람부터 상복 입고 구루뿌 달라고 하면 가게 주인이 얼굴 한 번 더 쳐다보겠다고 말하며 우리는 좀 웃었다. '볼륨'이 부족한 헤어스타일로 조문객을 마주하기 싫었던 큰고모의 주문은 너무 큰고모다웠다. 슬픔은 슬픔이고 예쁨은 예쁨이었다. 큰고모는 예쁘지 않은 걸 견디지 못하는 사람이었다.

큰고모가 젊은 나이에 간단치 않은 병을 진단받고 처음 수술하던 날, 머리에 꼼꼼히 드라이를 하고 수술대 위에 올랐던 일은 두고두고 회자되었다. 모처럼 한국에 나온 큰고모를 보기 위해 가족들이 모이면 누군가 꼭 그 얘길 했다. 그 얘기만 나오면 큰고모는 입꼬리가 매끈하게 올라가는 시원한 미소를 띠며 말했다. "나는 영정사진도 제일 이쁘게 나온 걸로 할 거야." 모두가 웃었고 나는 어른들 틈에서 고개 숙이고 웃었다. "아이고 형님, 죽은 다음에 그런 게 다 무슨 소용이에요." 엄마가 한마디 얹으면 큰고모는 손으로 입을 가리며 남은 웃음을 참지 못했다. 병이 완치되었다고 믿었던 때의 이야기다.

예쁜 걸 보면 큰고모 생각이 난다.

가령 십수 년 전, 내가 결혼식을 앞두고 드디어 눈에 차는 오프숄더 웨딩드레스를 발견했을 때. 햇살 눈부셨던 가을날, 그걸 입고 푸른 잔디를 밟았을 때. 큰고모가 봤더라면, 당신이 가장 사랑한 조카가 신부가 된 모습을 직접 봤다면 참 좋아했을 텐데. 하지만 큰고모가 재발한 병으로 이미 세상을 떠난 뒤였다. 호주에서 치러진 장례에 나는 가지 못했고 고모의 영정사진으로 얼마나 예쁜 사진이 쓰였는지도 알 수 없었다.

내 결혼식에 와준 분은, 몇 년 만에 보는지도 헤아리기 어려울 만큼 오랜만이었던 작은고모였다. 한복 일색이던 가족석에서 혼자 가슴골까지 목선이 깊게 파인, 블랙 드레스를 입고 있던 작은고모.

작은고모도 일찍이 한국을 떠났었다. 해외여행이 자유화되자마자 (내가 알기론) 특별한 목적 없이 여러 나라를 떠돌았다. "작은고모가 지금 남아프리카공화국에 있대." 짧은 전화 통화를 끊고 난 엄마의 말에, 태어나 처음 들어보는 단어를 조그맣게 소리 내보던 어릴 적 기억. "남아프리카공화국……." 미지의 단어처럼, 작은고모는 이해받기 쉬운 타입은 아니었다. 남의 눈치를 보는 법 없었고 남의 말을 듣지도 않았으며 결혼을 한 적도 (내가 알기론) 없었다. 호주에 정착하고 나서는 (내가 알기론) 미용실을 가끔(?) 하면서 돈을 모으고 또 여행을 다녔다.

큰고모처럼 자주 한국에 들어오지도 않았다. 10년 만이었나, 한국에 와서 며칠 우리 집에 머문다고 들었는데 한겨울에 짐이라곤 어깨에 둘러멘 숄더백 하나였다. 그 며칠 사이에, 당시 내가 초등학생이었던가, 작은고모가 손빨래를 해서 화장실에 널어놓은 팬티가 너무 야하다고 엄마가 걷어 가 안 보이는 데에 다시 널었다. 작은고모는 깔깔깔 웃으며 목청 높여 "예쁜 건 자랑해야지!" 했다. 그러고는 담배를 돌돌 말아 피웠다. 수줍음이 많고 남의 시선을 예민하게 읽어내며 아들과 딸을 낳아 다 결혼시켰던 큰고모와는 달라도 너무 달랐다. 아니, 예쁜 걸 좋아하는 건 같았다고 해야 하나.

내게 사랑을 아낌없이 준 것은 큰고모 쪽이었고 나 역시 큰고모를 잘 따랐지만 사실 나는, 아주 어릴 때부터 작은고모에 대해 묘한 자부심 비슷한 걸 갖고 있었다. '그 시대'에 '그렇게' 살아가는 고모가 있다는 게 내심 자랑스러웠다. 이를테면 가족이나 친척 중 누군가가 나의 '어떤' 면을 두고 "윤주가 좀 작은고모 닮은 구석이 있잖아" 하면, 말한 사람은 그게 그다지 칭찬만은 아니었을지 모르지만, 듣기 싫지 않았다. 큰고모를 닮았단 말은 들어본 적이 없다.

작은고모는 큰고모와 같은 병에 걸렸다. 병상에 눕기 두 달 전까지만 해도 말레이시아를 여행하는 중이었다. 설사가 좀 심했을 뿐이라고 들었다. 의사로부터 시간이 얼마 남지 않았다는 말을 듣고 아빠는 호주로 급히 떠났고 함께 가지 못한 엄마는 전화기를 붙들고 울었는데, 그런 엄마에게 전화기 저편에서 작은고모가 말했다. 자연으로 돌아가는 것뿐이라고. 그렇게 말한 뒤 한 달이 채 못 되어 작은고모는 본인이 말한 자연으로 돌아갔다.

예쁜 걸 보면 큰고모 생각이 나고, 나의 욕심을 마주할 때면 작은고모 생각이 난다.

예컨대 무언가를 손에 쥐지 못해 초조할 때. 무언가를 잃을까 봐 불안할 때. 생의 대부분의 시간에, 무엇에도 구속되지 않았던 작은고모를 떠올려본다. 아는 바가 너무 적어 오래 떠올리기도 쉽지 않은, 그저 인상적인 몇 장면만을 남은 가족들의 기억에 허락한, 그 단출한 삶을. 남겨진 파트너도 자식도 빚도 유산도 없는 오롯한 일인분의 삶을.

너 의 동 쪽 뺨

어린아이와 숨바꼭질을 해본 사람은 알 것이다. 아이가 겨우 머리 정도 가려지는 상자를 뒤집어쓴다든가 이불 속에 상체만 집어넣고는 술래에게 들키지 않기를 바란다는 걸. 자기 눈이 캄캄하면 남들도 그럴 거라 생각하기 때문이다. 보고 있으면 숨 막히게 귀엽고, 어른다운 어른이라면 아이의 아이다움을 깨뜨리고 싶지 않다. "어디 숨었는지 찾을 수가 없네!" 큰 소리로 헤매는 어른의 기척을 느끼며 아이는 은신의 쾌락을 만끽한다. 아이만이 가질 수 있는, 자기중심의 세계가 완성된다.

성장한다는 건 자기중심의 세계가 해체되는 과정이기도 하다. 내 시야가 어둡다고 해서 남들 눈에 내가 안 보이는 게 아니라는 사실을 알아간다. 내 눈엔 동쪽에서 떠오른 해가 서쪽에서 지지만 사실 움직이는 건 해가 아니라 지구라는 걸 배워간다. "아 진짜 돌아버릴 것 같아." 어느 혼란한 하루의 끝에, 삶의 현기증을 호소하는 나에게 친구는 말하곤 했다. "어차피 지구도 돌고 있는걸." 성의는 없지만 묘하게 위로가 되는 말이었다. 인류가 발 딛고 있는 땅 자체가 도는데 내가 무슨 수로 안 돌아. 나의 회전(?)이 순식간에 같잖아지는 마법. 맞아, 그렇지. 우리는 이미 돌아버렸지.

기분이 어두울 때 머리를 만져본다. 혹시 내가 상자 같은 걸 뒤집어쓰고 있는 건 아닐까. 숨바꼭질하는 아이처럼. 나를 발견해 줄 술래는 (나를 배려한답시고) 영영 다가오지 않고. 상자만 벗으면 해결되는 일이 사실은 많은데, 우리는 그 상자 하나를 못 벗어 울고 헤매는지도 모른다. 길을 잃은 느낌? 그것도 '나'의 입장에서나 그렇다. 길의 입장에서는 아무 일도 일어나지 않았다.

리베카 솔닛은 그의 책*에서 캘리포니아 중북부 원주민인 윈투족의 언어를 소개한다. 윈투족의 언어에는 '오른팔'이라든가 '왼쪽 다리'라는 단어가 없다고 한다. 자신의 몸을 가리킬 때 오른쪽/왼쪽 개념 대신, 동서남북 방위를 사용하기 때문이다. 윈투족이 산을 오를 때 모기가 그의 '서쪽' 팔을 물었다면, 산을 내려올 때 그는 '동쪽' 팔을 긁게 된다. 윈투족의 세계에서는 '나'가 기준이 되지 않는다. 고정된 것은 세상이며 자신은 주변 환경에 따라 변하는 것,

---

* 리베카 솔닛, 《길 잃기 안내서》(김명남 옮김, 반비), 2018년.

한때의 것, 곁딸린 것이다. 원투족은 길 잃을 일이 없다. 관계 맺을 세상이 있는 한. 지평선과 산등성, 해와 별, 숲과 강이 있는 한.

어떤 면에서 그들은 가장 어른다운 사람들 아닐까. 머리를 가린 상자를 벗고 주위를 살피는 사람들. 그곳에 빛과 바람과 나무가 있음을, 세상이 먼저 존재한 다음에야 나의 시야가 존재함을 아는 사람들. 돌고 있는 지구에 발 딛고 같이 돌기를 마다하지 않는 사람들. 그들의 감각은 인생에 겁먹을 때 요긴한 감각인 듯하다. 삶이 위험하게 느껴지는 순간이 있다. 위험하다는 느낌은 통제하지 못하고 있다는 불안에서 비롯되니, 통제하려 하지 않으면 위험할 일도 없다.

어른답게 산다는 건 나 자신이 세상의 일부임을 잊지 않는 것. 세상 어디에 불시착해도, 인생의 어느 지점에 던져져도, 동서남북에 따라 자신을 다시 설정할 수 있는 것. 얼마든지 세상과 인생과 다시 관계 맺을 수 있는 것. 그것은 동쪽 팔에 상처 난 기억으로 서쪽 팔을 핥아주는 일에 불과하다. 어른답게 살고자 하는 나는 더 이상 돌아버릴 것 같다고 말하지 않는다. 그 대신 어마어마한 굉음을 내며 돌고 있을 지구를 떠올려본다.

놀랍지 않니. 우리가 멀미하지 않는다는 게. 그러므로

너와 함께 산에 오를 때 너의 동쪽 뺨에 입을 맞추며 약속
하는 것이다. 내려올 때도, 너의 동쪽 뺨에 입 맞추기로.

치킨도 맥주도 그다지 좋아하지 않지만 '치맥'이 좋다. 치맥은 가볍고, 활력 있고, 허세 없는 메뉴다. 치맥이 있는 풍경이라면 오피스타운이든 대학가든 주택가든 자취생의 원룸이든 조금은 정답게 느껴진다. 치맥을 먹다 사기를 당했다는 말은 들어본 적이 없다. 치맥으로 가산을 탕진했다거나 치킨집에서 칼부림이 났다는 말도 못 들어봤다. 물론 세상은 넓고 험하니 어디선가 그런 불행이 일어나지 않으리란 법 없지만 나의 관념 속 치맥은 다종다양한 술자리 가운데서도 밝고 유쾌한 영역을 차지하고 있다. 정작 많이 먹지도 못하면서 치맥이 메인인 자리를 보기 위해, 치맥 하는 사람들 틈에 끼기 위해 치킨집에 간다.

토요일 저녁 아파트 단지 안에 있는 치킨집은 거의 만석이다. 테이블 위의 벨을 누르면 바쁜 사장님은 주방 쪽에서 다만 목청을 높여 "뭐 드릴까요?" 한다. 저쪽에서 "여기 생맥주 하나씩 더요!" 메아리처럼 답한다. 한 손으로 맥주

잔 세 개의 손잡이를 움켜쥘 수 있는 사장님이 총 여섯 잔의 생맥주를 빠르게 운반한다. 달빛처럼 노란 맥주 표면 위의 거품. 그 높이를 비교하는 나의 시선은 사장님을 바삐 좇는다. 나는 생맥주를 단숨에 들이켤 수 있는 사람이 늘 부러웠다. 타는 듯한 갈증의 끝에, 찌를 듯 차갑게 얼린 유리잔 가득한 생맥주를 거침없이 목으로 넘길 수 있는 사람이 부러웠다. 나는 탄산이 들어간 음료를 잘 마시지 못한다.

치킨도 잘 먹지 못한다. 닭을 좋아하지 않는다. 그렇다고 소나 돼지를 좋아하느냐 하면 그것도 아니다. 고기를 즐기지 않는다. 신념 때문은 아니다. 생맥주를 더 주문한 사람들의 테이블에 양념치킨과 후라이드치킨이 골고루 놓여 있다. 아주 오래전 희고 맑은 얼굴에 목소리가 가느다랗던 학교 선배가, 주문한 치킨이 나오자마자 조금의 망설임도 없이 맨손으로 가장 두툼한 양념치킨 조각을 집어 들고 작은 입으로 꼼꼼하게 뼈를 발라내며 먹던 모습을 기억한다. 그는 대화에도 별로 참여하지 않고 열 손가락에 빨간 양념을 묻힌 채 정교하고 성실하게 치킨을 씹어 삼켰고, 제 몫의 치킨을 다 먹은 뒤 비로소 맥주 한 잔을 천천히 비우더니 물티슈로 손을 닦은 다음 담배를 물었다. 말보로 레드. 치킨 양념처럼 빨간 라벨이 붙어 있던. 술을 파는 곳에 으레 담배 연기가 자욱하던 시절이다.

20년 전 그를 응시했던 것처럼, 나는 주변을 바라본다. 치킨도 맥주도 잘 먹지 않는 사람에겐 치킨집에서 남는 시간이 많다. 테이블 두 개를 붙인 구석 자리에 30대 후반에서 40대 후반까지로 보이는 여성 여섯 명이 모여 있다. 편한 옷차림과 대충 매만진 머리, 화장기 없는 얼굴들. 아마도 모두 이 아파트에 살고 있겠지. 주말 저녁 잠시의 치맥 타임을 위해 저들은 얼마나 많은 걸 조율했을까. 검은색 민소매 원피스를 입고 긴 머리를 틀어 올린 여자가 손바닥으로 무릎을 치며 한참 동안 뭔가를 말한다. 좌중은 웃기도 하고 맥주를 홀짝이기도 하고 포크로 치킨 조각을 푹 찔러 입으로 가져가기도 한다. 대화는 끊기지 않는다. 꽤 시끄러운 음악 소리에도 아랑곳없이.

반대편 구석에는 젊은 남녀 넷이 있다. "저들은 커플일까?" 갓 튀겨내 따뜻하고 바삭한 후라이드치킨을 만족스럽게 먹고 있는 B에게 나는 소리 낮춰 물었다. "같은 교회에 다니는 사람들 아닐까." B가 대답했다. "왜?" "그냥 왠지 그런 것 같아서." "교회 사람들끼리 술을 먹나?" "먹지 않나?" "그럼 같은 교회 다니는 커플일까?" "커플에 왜 집착하는데." 그러게. 남자 둘, 여자 둘이 있다고 해서 커플 운운하는 내가 갑자기 웃겨서 나는 빵 터지고 말았다. "옛날 사람이라 그래."

옛날 사람인 나와 B 사이에 놓인 치킨이 점점 줄어가고 B가 맥주를 두 잔째 마시는 사이 여섯 명의 여성들이 우르르 가게를 빠져나간다. 사장님은 너무 바빠서 그들이 있었던 자리를 곧바로 치우지 못한다. 흐트러진 여섯 개의 의자와 여섯 개의 맥주잔을 나는 괜히 세어본다. 치킨은 한 조각도 남지 않았다. 가볍고, 활력 있고, 허세 없는 풍경이 지나간 자리. 나는 다시 B에게 말을 건다.

"예전에 무라카미 하루키 인터뷰집에서 '끙끙대기 방'이라는 말을 봤어. 소설가들이 작품을 써내기 위해서 거쳐야 할 단계를 집에 비유한 것이었는데 끙끙대기 방은 말하자면 자아와 싸우는 방이야."

"(치킨 먹는 중)."

"하루키는 자아에 큰 관심이 없어서 끙끙대기 방을 지날 때는 최대한 눈을 깔고 빠르게 지나간대."

"(치킨 먹는 중)."

"끙끙대기 방에 오래 머무는 작가의 예로 다자이 오사무를 들었던 것 같은데 기억이 정확하진 않아. 아무튼 내가 하고 싶은 말은, 음."

사장님이 여섯 명의 자리를 치우기 시작했다.

"치맥은 끙끙대기 방에 가장 어울리지 않는 메뉴야."

"왜?"

"치맥을 먹으면서 자아와 싸우는 게 말이 돼? 김치찌개에 소주를 먹으면서는 끙끙댈 수 있어. 와인에 치즈를 먹으면서도 그럴 수 있고. 위스키 같은 건 두말할 것도 없고. 하지만 치맥은 달라. 치맥은 쿨하게 자아와 화해하지. 낙천적이거든."

"무슨 말이지……."

"치맥을 먹는 다자이 오사무는 상상할 수 없다는 말이야."

자리를 다 치운 사장님이 에탄올이 든 분무기를 들어 테이블에 칙칙 뿌린 뒤 행주로 닦아냈다. 어디선가 또 벨이 울렸다. "뭐 드릴까요?" "맥주 두 개 더요!" 끙끙대지 않는 사람들 사이로, 사장님이 맥주를 가지러 갔다.

달의 기분

    유난히 맑은 날엔 음력 날짜를 찾아본다. 음력 15일 근처라면 밤에 밝고 둥근 달을 볼 수 있기 때문이다. 오늘의 해가 지고 나면 휘영청 보름달이 뜰 거라는 기대감은 하루 치, 아니 한 달 치 근심을 잊게 한다. 휘영청. 오직 달빛, 그것도 보름의 달빛에만 쓸 수 있는 의태어. 태양은 휘영청 뜰 수 없다. 밤하늘에 별이 아무리 총총해도 휘영청 밝을 수는 없다. 연인의 눈동자가 보석보다 아름다워도 휘영청 빛난다고 말하지는 않는다. 휘영청 뜨려면 소음은 없고 어둠은 있어야 한다. 휘영청 밝으려면 홀로 밝아야 한다. 휘영청 빛나려면 공간을 가로질러 빛나야 한다.

    이윽고 휘영청, 만월이 떠오르면. 이끌리는 바닷물처럼 나는 한동안 눈을 떼지 못한다. 똑바로 쳐다볼 수 있다는 점에서 달은 해보다 관대하다. 낮 동안 나를 옭아매던 규율과 도덕, 관념 같은 것을 좀 풀어놓아도 될 것 같다. 정신 줄을 살짝 놓아도 될 것 같다. 왜 서양에서 보름달을 광

기와 연관 지었는지 알 것 같다. 달은 너그러우니까. 오래전 시를 가르치던 선생은 말했다. 현실 기능이 없는 뇌도 이상 하지만 비현실 기능이 없는 뇌도 이상한 것이라고. 시, 비 현실, 몽상, 이탈, 해이, 낙오, 도발, 꿈, 혼돈, lunatic한 모든 것……

내 기억 속 최초의 달빛은 한 바닷가 근처의 민박집에 서. 엄마가 머리를 양 갈래로 묶어주던 어린 시절, 우리 가 족은 여행지에서 주로 민박을 했다. 비용을 아끼려는 마음 이었을 것이다. 당시의 민박이란 그야말로 순전한 가정집, 또는 그 집의 일부를 며칠 빌리는 것이어서 그 안은 온통 생활의 냄새로 가득했다. 마루 한쪽의 대바구니에 이름 모 를 나물 같은 것이 말려져 있고, 부엌 냉장고엔 그 집 식구 들이 즐겨 먹는 밑반찬이 차곡차곡 담겨 있었다. 손님방에 들어서면 오래된 옷에 밴 나프탈렌 냄새가 피어오르고, 이 불을 펼치면 담뱃불이 떨어져 생긴 작은 구멍이 하나씩 보 였다.

어린 나는 아마도 그런 곳에 묵는 게 싫었던 것 같다. 여행자만을 위해 설계된 공식적인 숙소, 타인의 흔적이 최 대한 소거된 공간에서 자고 싶었던 것 같다. 불안하고 찜찜 한 기분으로 잠을 청하던 밤, 시간이 흘러도 어둠이 내리지 않아 말똥해지던 마음을 기억한다. 싸구려 커튼이 걸려 있던 창문으로 쏟아지던 새하얀 달빛도. 내가 사는 아파트의 방에선 본 적 없는 밝은 달빛. 누워 있는 가족들의 얼굴이 다 보일 정도로 환한 빛 속에서 나는 조심스럽게 몸을 일으켰다. 창가에 다가가 커튼을 살짝 걷고 밖을 내다봤다. 그 순간 달이 바짝, 다가왔다고 느꼈다. 기이할 만큼 크고 선명한 보름달이 가로등 하나 없는 시골길을 훤히 비추고 있었다.

그때 나는 알고 있었을까. 어떤 사람들은 달에게 소원을 빈다는 것을. 잘 기억나지 않는다. 하지만 달빛이 인간으로 하여금 무언가 주술적인 힘을 느끼게 한다는 건 어렴풋이 깨닫지 않았을까. 그날 밤 나를 잠 못 들게 한 신비로운 분위기, 밤과 낮의 중간쯤 되는 묘연한 아름다움을 '달의 기분'이라 부를 수 있다면, 그날 이후 나는 달의 기분에 휩싸인 밤마다 소원을 빌곤 했으니. 소원을 비는 마음엔 생에 대한 긍정이 있다. 생을 긍정하지 않으면 아무것도 바라지 않는다.

무엇이든 여럿이 모여 하는 걸 그다지 즐기지 않지만 달맞이만큼은 그래서 예외다. 생을 긍정하는 마음들을 모으고 싶어서. 핸드폰 카메라로 달을 찍으면 그 광휘와 위엄이 온데간데없이 사라짐을 알면서도 굳이 달 사진을 찍어 소중한 사람들에게 보낸다. 오늘 달이 크다고, 밖을 한번 보라고 굳이 전화를 건다. 나의 소원은 당신의 소원을 불러내는 것. 당신이 삶을 더 많이 바라게 되는 것. 사랑하는 사람과 같이 보고 싶은 게 해가 아니라 달인 이유.

"작가님의 목표는 무엇인가요?"

예상하지 못한 질문이었다. 당황하지는 않았다. 북토크나 강연 후 이어지는 질의응답 시간에는 원래 예상 불가능한 질문이 나오기 마련이니까. 나는 잠시 망설이다 되물었다. "글쓰기에서의 목표를 말씀하시는 건가요, 아니면 인생에서의……." 질문자는 눈동자를 빛내며 단호하게 말했다. "인생에서요!"

인생에서의 목표. 놀랍게도 그런 걸 생각해 본 적이 한 번도 없다는 걸 깨달았다. 희망하는 죽음의 형태에 대해선 생각해 본 적 있다. 한 달 앓고, 사랑하는 사람 곁에서, 자다가 죽는 것. 하지만 그런 걸 목표할 수는 없는 일이다. 목표란 무엇인가. 나는 솔직하게 대답했다. "지금까지 어떤 목표를 세우고 그걸 이루고자 애쓰는 마음으로 살아본 적이 없어요. 대체로 흘러가는 상황에 맡기면서, 정말 견디기 어려운 것은 피하는 방식으로, 선택지를 좁히며 살아왔던 것 같아요. 멋진 대답을 드려야 하는데……."

그렇게 답변을 끝내기 무안해서 덧붙인다는 것이. "음, 그러니까 저는 가장 신기한 분들이, 이를테면 내년 추석을 끼고 황금연휴가 한 열흘 생긴다는 걸 알고, 아직 올해 추석도 지나지 않았는데 미리 비행기표를 끊어두는 분들이에요. 어떻게 무려 1년 뒤의 일을 계획할 수 있을까. 지금 발딛고 있는 삶이 얼마나 단단하면……" 마지막 문장을 제대로 맺지 못하고 나는 웃음으로 얼버무렸다. 뭔가 부연하고 싶다는 생각을 하는 사이 다음 질문이 들어왔고 화제가 넘어갔다.

강연은 밤 9시가 넘어 끝났다. 말을 많이 한 날은 속절없이 공허해지면서 머리가 텅 비곤 하는데, 그날은 집으로 돌아오는 깜깜한 택시 안에서 '1년 뒤의 비행기 티켓을 예약하는 일'에 대한 생각이 머릿속을 떠나지 않았다. 1년 뒤를 기약하는 삶이 왜 나는 쉽지 않을까. 그날 먹을 식량을 그날 구하러 다니는 수렵채집인도 아닌데. 농경사회가 시작된 이래 인류는 으레 봄에는 가을을, 가을에는 내년을 준비하며 자기 삶에 미래를 끌어들여 왔다는데. 물론 걱정은 많다. 다가오지 않은 시간에 대한 막연한 불안과 염려. 하지만 무언가를 보다 멀리 조망해 계획하고 하나씩 실행에 옮기는 일은 (중고등학교 시절 입시를 준비했던 것 말고는) 해

보지 않았다. 꼭 구체적인 실행이 따르는 일이 아니어도 그렇다. 비교적 먼 미래에 있을 무언가를 꿈꾸는 일 자체를 언제부턴가 하지 않고 살았다. 버킷리스트 같은 거라도. 재미로라도.

"누구나 그럴싸한 계획을 세운다. 처맞기 전까지는." 몰아치는 운명(?) 앞에서 인간의 계획이 물거품이 될 때 떠올리는 마이크 타이슨의 말. 나는 처맞는 게 두려워 지레 계획하길 포기했던 걸까. 하지만 계획을 안 한다고 해서 처맞지 않는 것도 아니다. 계획 없이 처맞는 것이 계획을 세우고 처맞는 것보다 실망감이 덜해서? 그렇다면 고작 실망감을 감당할 자신이 없어 계획을 세우지 않는단 말인가. 택시가 내부순환로의 긴 터널을 통과하는 동안, 나는 점점 부끄러운 마음이 되어 어둠 속으로 빨려들어 가고 싶었다.

1년 후의 비행기 티켓을 예약해 두는 건 어쩌면 용기의 문제. 1년 후 그 비행기에 탑승할 수 있도록 꾸준히 노력할 용기 이전에, 1년 후 전혀 예상치 못한 상황에 처해 떠나지 못하게 되더라도 그 실망감을, 혹은 변화를, 혹은 아픔을 기꺼이 받아들일 용기. 언제, 어디서, 얼마든지 처맞을 수 있음을 각오하는 용기. 처맞고도 다음 계획을 다시 세울 용기. 그 계획이 또다시 물거품이 될지라도. 비행기 티켓을 두 번, 세 번 날릴지라도.

1년 뒤, 5년 뒤, 10년 뒤를 기약하며 사는 이들이 꼭 지금 이 순간 굳건히 디딜 땅이 있어서 그런 건 아닐 것이다. 인생에 그런 순간, 그런 땅이 존재한다는 것 자체가 환상일지도 모르고. 위태로운 하루하루를 간신히 버티면서도 내일은 내일의 태양이 뜬다는 걸 믿는 이들이 삶을 계획한다. 삶은 어김없이 덮쳐오며, 살아보지 않은 쪽으로 흐른다는 걸 아는 이들이. 살아보지 않은 삶에도 태양이 내리쬐길 바라는 이들이. 실은 비 오고 바람 불더라도. 태양을 기다렸던 마음이 나쁜 건 아니니까. 사실은 그 기다림이 삶을 이어가게 해주니까.

그러니 지금 나의 계획은 '다음' 강연에서 같은 질문을 받았을 때 그럴싸한 답변을 하는 것이다. 그게 무엇이든. 계획 같은 건 없다고 말하지 않겠다. 그리고 '그다음' 강연에서는 또 다른 계획을 말하겠다. 아마 이전에 말한 계획은 처맞았을 테니. 그게 무엇이든.

"불과 물만 있고 다른 건 전혀 없네요."

나의 사주를 풀이하던 역술가가 건넨 첫마디. 다른 건 몰라도 오행이 불, 물, 나무, 금, 흙을 뜻한다는 건 알고 있었다. 나무나 흙은 섞이지 않고 불과 물로 이루어진(?) 인간이라는 건가. 질문도 뭘 아는 만큼 할 수 있는 법. 배경지식 전무한 자의 입에서 나오는 말이라고는.

"나쁜 건가요……?"

순간 머릿속에 떠오른 건 우리말에서 물과 불을 함께 이르는 단어인 '물불'이 때로는 '위험'을 뜻한다는 것이었다. 물불 안 가린다 할 때, 그 물불. 사주와는 무관하겠지만, 아무튼. 좋은 거냐고 묻지 않고 나쁜 거냐고 물은 데는 물불의 무의식이 있었던 모양이다.

"물을 손으로 잡을 수 있나요?"

"아니요……."

"불은?"

"불도 그렇죠……."

"선생님은 손에 잡히는 형상, 사물이 아니라 추상, 기운으로 세상을 사는 분이에요."

기운이라니. 우주의 기운 같은 건가.

"음, 그러니까 선생님과 가장 거리가 먼 직업은 엔지니어예요."

"아."

무슨 뜻인지 대충 감을 잡았다.

"아마 기운을 파는 일을 하실 것 같은데요."

"기운을 파는 일요?"

"가수가 노래를 해요. 사물을 파나요, 기운을 파나요?"

"기운……인 것 같아요."

"지금 저는요? 선생님의 사주를 보고 있는 저는 무얼 팔고 있나요?"

"그것도 기운……이겠죠……?"

"선생님도 똑같아요."

순간, 나는 대체로 기운이 하나도 없는데요, 할 뻔했다. 하지만 적당히 솔직하게 대답했다.

"저는 그동안 이런저런 직업을 가졌다가…… 지금은 글을 쓰고 있어요."

"기운을 파는 일이죠."

가지지 못한 것을 동경할 수밖에 없는 걸까, 사람은. 내가 평생 부러워해 온 사람들은 자기 손을 직접 놀려 눈에 보이는 무언가를 만들어내는 사람들. 사람을 먹이고, 입히고, 구조물 안에서 살게 하고, 따뜻하거나 시원하게 만들고, 여기에서 저기로 이동시키고, 앉게 하고, 눕게 하고, 씻게 하는…… 등등. 현실 세계의 구체적인 삶을 가능하게 만드는 사람들이었다. 하지만 뭐. 내게 나무가 없다는데. 흙이 없다는데. 물과 불뿐이라는데. 그런데 나는 뭐가 궁금해서 여기에 온 거지? 내가 어떤 사람인지 맞히는 걸 보려고? 잠시 아득해진 사이.

"그런데 무슨 글을 쓰세요?"

"아, 그게 저는……."

"논문 같은 거는 아니죠? 학술 책이라든가."

"그런 건 아닌데……."

"기존에 세상에 있던 지식을 가지고 그 위에 새로운 지식을 보태는 글은 선생님한테 맞는 글이 아니에요. 그런 글은 기운으로 쓰는 글이 아니라서."

"아……? 네, 저는 일종의 수필을 쓰는데요."

"수필이라면."

"그냥 제가 겪은 일을 주로 쓰는데…… 보고 느낀 것들이라고 해야 할까요. 일기……와 비슷하다고 할 수도 있겠는

데……."

"일기라. 이 사주는 일기보다는."

"……?"

"허구를 섞을수록 좋아져요. 허구 아시죠? 픽션."

"아, 네. 알죠."

"제일 좋은 건 〈무빙〉 같은 건데."

"네? 〈무빙〉이요?"

"〈무빙〉 안 보셨어요?"

"아…… 보진 않았는데 대충 뭔지는 알아요."

"예를 들면 그렇다는 거예요. 현실과 동떨어질수록 좋아요, 이 사주는."

뭐가 궁금해서 여기에 온 건지 나는 다시 생각해야 했다. 내가 현실적이지 못하다는 걸 받아들이려고? 드라마작가로 전업하기 위해? 또 아득해진 사이.

"그리고 평소 하는 생각의 99퍼센트가 쓸데없는 생각이라는 걸 알아야 해요."

"네?"

"다 쓸데없는 생각이에요. 잡념. 잡념이 앞길을 방해하고 건강을 해쳐요. 생각을 자꾸 할수록 우울해져요. 우울증이 있는 사주라."

"그, 그런 사주가 따로 있어요?"

"그럼요. 잡생각을 안 하면 아무 문제가 없는데 잡생각이 자꾸 발목을 잡아요. 잡생각이 차지하는 자리를, 글감에 대한 생각으로 채우세요. 픽션이요."

"아, 네. 픽션이요……"

"우리 같은 사주를 픽션가라고 해요. 선생님이나 저나, 허구를 잘 다루면 다룰수록 운이 풀리는 사주예요."

'픽션'에 '가家'를 붙이는 건 처음 들어봤다. 그런데 방금, 우리 같은 사주라고 했나. 그렇다면 본인도 사실이 아니라 허구를 다루는 사람이라고 지금 고백한 건가. 불이고 물이고 기운이고 〈무빙〉이고 뭐고 다 픽션이란 소린가. 그럴듯한 픽션 한 편을 감상하기 위해 나는 n만 원을 지불했는가.

하지만 픽션에는 진실이 있다고들 하지 않나. 어디까지 믿고 어디부터 믿지 말아야 할까. 인간은 믿음으로써 망하기도 하던데. 그럼 애초에 나는 여기 왜 왔나. 이 시간에 국이나 한 솥 끓여놓는 게 낫지 않았을까. 오늘 저녁엔 무얼 먹는담. 아, 내가 하는 생각의 99퍼센트가 쓸데없는 생각이랬던가. 글감 생각하랬지, 글감. 이걸로 글이나 쓸까. 그런데 믿어도 되나. 다는 아니어도, 조금은 믿어도 되려나. 픽션가가 사기꾼이란 뜻은 아닐 테니.

그런데 나는 정말 사주를 보았을까.

이 글은 픽션일까.

말할 수 없다.

　김소영 작가의 에세이 《어린이라는 세계》에는 비명이
나올 만큼 심각하게 귀여운 어린이들의 에피소드가 가득하
다. 독서 교실 선생님인 저자가 가르치며 오가며 만난 아이
들에 관한 이야기인데, 어린이에 대한 애정이 유난한 사람
이라면 중간중간 꽥꽥 소리를 지르며 읽을 수밖에 없다. 나
의 비명이 가장 요란했던 대목은 저자 본인의 어릴 적을 회
상하는 부분이다.

　초등학교 1학년이던 어린이 김소영의 담임 선생님은
어느 날 (집에서도 부모님 말씀 잘 들으라는 취지로) "선생
님은 여러분 마음속에 있으니 다 알 수가 있다"고 말한다.
어린이 김소영은 충격을 받는다. 선생님이 내 마음속에 어
떻게 들어올 수 있지. 하지만 그 말을 믿지 않을 도리가 없
었으므로, 밥을 먹을 때 음식물이 선생님 계신 마음속으로
들어가진 않을까, 길을 갈 때 뛰어다니면 혹시라도 마음속
선생님이 다치시진 않을까 전전긍긍한다. 균형을 잃고 한

쪽으로 넘어진 날엔 화들짝 놀란다. "앗, 선생님 어떡하지?"

내용을 옮기면서도 너무 귀여워서 심장이 아프다.

저자는 성장하며 깨닫는다. 그 시절 선생님들에게 배운 것, 선생님들이 주었던 행복한 감정들이 자신의 '일부'가 되었음을. 선생님이 마음속에 있다는 말은 그렇게 훗날 새롭게 이해된다.

그리고 심장이 아픈 나는 이것을 또 새롭게 이해한다. 나는 초등학교 1학년이 아니지만, 그래서 귀엽지는 않겠지만, 일리가 내 마음속에 있다/산다/거주한다고 생각하기로.

일리는 내가 아주 많이 사랑하는 사람이다.

일리가 내 안에 있다면 나는 질 나쁜 음식으로 끼니를 때우지 않을 것이다. 일리에게 흘러들어 갈 수도 있으니까. 어린이 김소영은 뛰는 걸 조심했지만 나는 자주 드러눕는 걸 조심할 것이다. 내 안에 일리가 산다면 나는 건강해야 하니까. 너무 오래 누워 있었다 싶으면 침대를 박차고 일어나 밖으로 나갈 것이다. 일리와 함께 걸을 것이다. 걸으며 볼 것이다. 땅을, 하늘을, 신호등을, 나뭇가지를, 현수막을, 노인의 모자를, 줄넘기를, 담쟁이넝쿨을, 뒷모습을, 화물차를, 꽃다발을, 버려진 영수증을, 금붕어를, 밤을. 일리가 내 마음속에 거주한다면. 나는 미움 같은 건 품지 않을 것이다. 미움은 마음을 갉아먹으니까. 미움을 비운 자리에 좋은 것들을 넣을 것이다. 음악 같은 것. 기도 같은 것. 철새들의 그림자를 기억하는 강물 같은 것.

나는 나를 함부로 대하지 않는다. 내 마음속에 일리가 있는 한.

사실은 전에도, 내 마음속에 일리를 살게 하라는 말을 들었었다. 내가 건강을 잃고 직장을 잃고 글도 잃었을 때, 나 자신이 너무 쓸모없는 인간처럼('쓸모'와 '인간'은 아무런 관련이 없는데도) 느껴졌을 때였다. 주치의가 물었다. "이윤주 님이 세상에서 제일 사랑하는 사람이 누구예요?"

당연히 일리라고 대답했다.

"만약에 일리가 건강을 잃고 직장을 잃고 글도 잃었다 칩시다. 일리는 쓸모없는 인간인가요?"

나는 강하게 고개를 저었다.

"그럼 이윤주 님은 일리에게 무슨 말을 해줄 것 같아요?"

"음, 일은 좀 쉬어도 된다고, 글도 좀 못 써도 된다고……. 그냥 마음 편히 하루하루 보내다 보면 건강을 되찾을 수 있을 거라고요."

"또 해주고 싶은 말 없어요?"

"괜찮다고, 그냥 다 괜찮다고……."

"그 말을 지금 자신에게 그대로 해줘요."

일리에게 말하듯 나에게 말하기. 나는 그걸 못하는 사람이었다. 한 번도 나 자신을 제대로 사랑한 적이 없기 때문에. 스스로에게 냉정해야, 좀 가혹해야 어디 가서 사람 구실을 할 수 있다고 믿어왔다. 그렇게 믿는 데 너무 익숙해져 있었다. 그러는 동안 병드는 줄도 모르고.

나는 이제 나를 함부로 대하지 않는다. 내 마음속에 일리가 있는 한.

나를 몰아붙이고 깎아내리는 건 그만하고 싶다. 이만큼 했으면 됐다. 이제 내 마음속에 일리가 있고 나는 그가 사는 집을 아끼고 살필 의무가 있다. 누군가를 사랑하는 사람은 자신을 해하지 않는다. 그 대신 걷는다. 걸으며 본다. 구름을, 산을, 성당을, 크리스마스트리를, 내년을, 발자국을, 간식을, 장난을, 배웅하는 사람의 우산을, 양지에 모여든 고양이들을, 운동장을, 적막을, 소란을, 친절을, 무례를, 평화를, 전쟁을, 만남을, 헤어짐을. 용서하는 어깨를. 용서. 일리를 살게 하기 위해 나는 내 안의 많은 부분을 마침내 용서한다.

걱정은 선반 위에

걱정이 있어 좀 걸었다. 걱정으로 마음이 어지러울 때는 몸을 움직여야 한다는 걸 이제는 안다. 격렬한 운동도 도움이 되겠지만 나에겐 아직 산책이 가장 만만하고 효율적이다.

어디선가 들었는데, 걱정이 습관이 된 데는 걱정하는 일 자체가 미래의 위험을 줄여줄 거라는 무의식적 믿음이 깔려 있다고 한다. 물론 그 믿음은 착각이다. 그래서 어떤 심리학자였던가, 과한 걱정인 줄 알면서도 걱정이 사라지지 않을 때 그것을 높은 선반 위에 올려놓는 연습을 하라고 했다. 어차피 할 걱정이라면, 손 닿지 않는 선반에 잠시 올려놓았다 생각하고 미뤘다가 나중에 하라는 것이다. 30분만 올려놓자, 했다면 30분간은 걱정을 미루고 30분 후에 다시 걱정한다. 이런 식으로 선반 위의 시간을 차츰 늘린다.

선반에 일단 뒀으면 선반을 쳐다봐서는 안 된다. 하지만 안 된다 하면 더 하고 싶기 때문에 내가 나의 목덜미를 잡아끌고 나가는 것이다. 나갔으니 걷는다. 집 근처에 하천이 있다. 하천을 끼고 산책로와 자전거도로가 길게 나 있다. 물가에 서면 계절이 잡힌다. 물의 높이, 흙의 상태, 나뭇가지와 풀들의 모양, 벌레의 활동성 같은 것들이 시간의 흐름을 가리킨다.

수위가 낮고 수질이 좋지 않아 보였다. 혼탁한 흑갈색 물이 게을리 흐르고 있었다. 맑고 환한 것을 보고 싶었던 나는 실망한 나머지 하마터면 선반을 떠올릴 뻔했다. 그때 마침 새가 나타나 주었다. 목과 다리가 길고 노르스름한 부리에 옅은 회색빛 털을 가진, 제법 몸집이 있는 새다. 기껏해야 참새나 비둘기 정도를 보고 사는 도시인으로서, 적어도 일반적인 양동이 높이를 넘는 새의 덩치에 움찔한다. 새는 목을 길게 빼고 멈추어 어딘가를 노려보고 있다. 새에 대해 아는 바가 거의 없지만, 동물이 한곳에 시선을 고정한 채 미동 없이 숨죽이고 있다면 중대한 일을 목전에 둔 포식자의 상태라는 것 정도는 안다. 같은 공기를 감지한 사람들이 주변에 멈춰 선다.

"아!"

사람들의 짧은 탄성과 함께 새의 부리가 물속에 첨벙 내리꽂혔다 올라온다. 너무 순식간에 벌어진 일이라 나는 그것이 나의 상상이 아니었는지 잠시 의심한다. 하지만 새의 부리에 명백한 물고기가 걸려 있다. 새는 자신의 성취를 증명하려는 듯 먹이를 입에 물고 호젓하게 몇 걸음 걷는다. 물고기의 생이 다하고 새의 생이 연장되었다. 모였던 사람들이 핸드폰을 치켜들고 사진 찍기에 분주하다. 새는 고개를 들고 한바탕 날갯짓하더니 물고기를 그대로 문 채 날아오른다.

두루미였을까. 흙탕물 속에서 밥을 벌고 날아간 새는. 찾아보니 두루미보다는 왜가리였을 가능성이 높다. 두루미는 멸종위기종으로 흔히 볼 수 없다고 한다. 왜가리는 청계천 등 도심의 하천에 두루 서식한다고 한다. 두루미와 왜가리의 엇갈린 운명에 대해 생각하는 사이 선반을 잊었다. 내가 잊어도 잘 있을 것이다, 걱정은.

나는 살아남는 것에 대해 생각한다. 살아간다, 라고 하지 않고 살아남는다, 라고 하는 것에 대해 생각한다. 살아남는다, 에는 소멸을 모면했다는 의미가 들었다. 왜가리로 살아남기, 인간으로 살아남기, 여자로 살아남기, 한국인으로 살아남기, 작은 목소리로 살아남기, 허약한 체질로 살아남기, 제정신으로 살아남기……. 얼마나 걸었을까. 살아남은 모든 것들로 이뤄진 풍경 속을. 나는 이 하천을 따라 강까지, 강을 따라 바다까지 걷고 싶다. 살아남은 모든 것을 마주하며 살아남음의 경이를 누리고 싶다.

살아남음으로써 얻는 것은 무엇인가. 글쎄. 여기에 투명하게 대답할 수 있는 사람이 있을까.

살아남음의 경이는 살아남음의 대가를 바라지 않는 데 있을지도. 종국에 아무것도 돌려받지 못함을 알면서도 기어코 살아남는 일의 경이. 언젠가 피아니스트 임윤찬은 한 인터뷰에서 말했다. 제대로 된 음악가라면 아무 대가를 바라지 않고 매일매일 산을 넘어봐야 한다고. 이런 산도, 저런 산도. 그러므로 하루 종일 연습해도 하루가 부족하다는, 이 젊디젊은 아티스트에게 인터뷰어가 다시 물었다. 그렇게 산을 넘는 행복감이 있나요? 그는 대답했다. "거의 없어요. 한 번도."

행복을 좇지만 않아도 많은 것이 행복해질 것이다.

나는 걷는다. 바다에 닿을 때까지. 도착한 바다가 푸르지 않아도 괜찮다.

걱정은 아직 선반 위에 있다.

3부

우울할 때 쓰는 사람

지하철에서 한 노인이 옆자리에 앉자마자 불쑥 물었다. "여기가 무슨 역이에요?" 합정역이라고 대답했다. "디지털역까지 얼마나 가야 돼요?" 디지털역이라는 곳은 없지만 멀지 않은 데에 디지털미디어시티역이 있으니 그곳을 가리키는 것이겠지. 나는 출입문 위에 걸린 노선도를 쳐다보며 네 정거장 남았다고 대답했다.

"디지털역에서 인천으로 가야 되는데." 인천까지 가는 길을 알려달라는 뜻인가 해서 지하철 앱을 열어 디지털미디어시티역에서 인천 방향으로 갈아타는 노선이 있는지 확인했다. 일단 맞는 것 같았다. "아까 디지털역을 깜빡 지나쳤지 뭐야." 길을 모르시는 건 아니었고. "디지털역에서 제때 내렸으면 벌써 갈아탔을 건데." 대답을 하기도 안 하기도 애매한 말을 노인은 계속했다. 나는 핸드폰으로 시선을 돌렸다.

한 정거장 더 가자 다시 질문이 날아왔다. "다음이 디지털역이에요?" 노인의 상체가 내게 바짝 다가와 있었다. 순간적으로 노인에게서 몸을 떨어뜨렸다. 그리고 좀 전에 네 정거장 남았다고 말씀드렸지 않나. "아뇨, 아직이요." 노인을 쳐다보지 않고 대답했다. 대답하는 것은 어렵지 않다. 다만 이런 경우, 낯선 이에게 불쑥 무언가를 (맡겨놓은 듯) 묻고는 한 번 대답을 들으면 계속 더 물어봐도 된다고 여기는 어떤 느슨함에 대한, 그러면서도 아무 인사조차 없이 돌아서는 무심함에 대한 유쾌하지 않은 기억들이 스친다.

"요즘 지하철이 복잡해서." 혼잣말인 듯 아닌 듯. "그래도 지하철이 빨라." 뭔가 대화를 이어가야 하는 상황이 편하지 않아서 나는 "역에 도착하면 제가 알려드릴게요" 하고 다시 핸드폰을 봤다.

굽은 등, 짧게 자른 하얀 머리, 짐이 가득 든 배낭. 쉽지 않으실 것 같다. 여기서 인천까지, 가까운 거리가 아니다. 노인의 육체적 고단함에 생각이 미치자 가벼운 후회가 일었다. 좀 더 친절할 수도 있었을 텐데. 어떤 매너의 문제에 대해 꼭 예민할 필요 없었을 텐데. 내릴 역을 한번 놓쳤으니 조바심이 나셨을 수도 있다. 그러니 자꾸 반복해서 물어보셨을 수 있다. 아니면 그저 먼 길이 좀 무료해서, 옆에 앉은 사람과 몇 마디 주고받고 싶으셨을 수도 있다. 그런 마음이 요즘엔 보통 '무례'가 되는 것 같지만, 언제나, 100퍼센트 무례가 되는 것도 아니다. 나는 그 증거를 본 적이 있다.

기억하고 싶어서 핸드폰에 메모까지 해두었던 장면이다. 그러고 보니 이 또한 지하철에서의 일. 다음은 메모 내용.

서로 모르는 할머니 두 분의 대화

"(대뜸) 볼터치도 하시고 젊으시네."

"(반색) 젊어 보여요?"

"고우셔 아주."

"몇 살로 보여요?"

"칠십둘?"

"여든이에요. 호호."

"젊으시네."

"고생을 안 해서 그래요."

"바깥양반이 속 안 썩이구?"

"응응, 잘해주구."

"그래서 젊으시구먼."

"생전 속 안 썩였지."

"에구, 나 내려야 되네."

"에구, 가셔야 되네."

세상에는 느닷없이 시작되고, 또 느닷없이 끝나는 대

화가 존재한다. 배낭 멘 노인도 그저, 저런 대화법에 익숙한 분일지도 모른다.

'디지털역'이 한 정거장 남았을 때 노인에게 말했다. "다음에 내리시면 돼요." 노인은 출입문 쪽을 쳐다보며 배낭을 고쳐 멨다. 어쨌든 이분에게, 실례했다거나 감사하다는 말 같은 건 듣기 어려울 것이었다. 그때 노인이 몸을 일으키며 말했다.

"감사합니다. 언제나 행복하세요."

예상은 틀렸다.

심지어 행복을 당부받았다. 디지털미디어시티역에서. 내가 아는 것을 몇 개 대답해 주었다는 이유로.

몇 가지 거짓말

최근에 거짓말을 했다. 그게 거짓말이라는 걸, 이 글을 읽을지도 모르는 상대가 알면 곤란하기에 어떤 내용인지 밝힐 수는 없다. 빗대어 얘기하자면 이런 것이다. 맛없는데 맛있다고 하는 것. 기다렸는데 안 기다렸다고 하는 것. 불편한데 안 불편하다고 하는 것. 아픈데 안 아프다고 하는 것. 안 좋은데 좋다고 하는 것. 그런 종류의 거짓말이었다. 마음에 대한 거짓말. 상대의 마음을 상하게 하지 않으려고 내 마음을 꾸며내는 일.

그리고 또. 이번 주에 몇 가지 거짓말을 했을까. 친구가 선물해 준 책. 이미 읽은 것이었지만 읽고 싶었던 거라고 말한 것. 옷 가게에서. 내 취향의 옷이 전혀 없는 곳이라는 걸 알았지만 상냥한 점원에게 다음에 다시 오겠다고 말한 것. 카드사의 광고 전화. 〈나는 솔로〉 보는 중이었지만 지금 회의 중이라고 말하고 끊은 것. 엄마에게. 다이어트 때문에 저녁을 안 먹고 있지만 저녁 먹었다고 한 것. 그리고 Q에게.

여전히 너를 그리워하고 있다고 한 것.

거짓말이 없다면 세상은 엉망진창이 될 것이다.

물론 어떤 거짓말은 삶을 엉망진창으로 만든다.

베른하르트 슐링크의 소설 《책 읽어주는 남자》에 푹 빠져 지내던 때가 있었다. 자신의 약점을 감추기 위한 거짓말로 삶 전체를 포기하는 여자가 나온다. 이름은 한나. 그녀는 그 시절 내게 소설의 주인공이 갖춰야 할 가장 지독한 모순을 보여주었다. 스무 살 연하 소년과의 사랑에 망설이지 않는 윤리적 타락, 그러나 그 소년에게 매번 책을 읽어달라 요청하며 책의 내용에 울고 웃는 순수함, 그러나 어딘지 지나치게 방어적인 사람이 지닌 히스테릭함, 그러나 충분히 성숙하고 느긋한 여성이 자아내는 에로틱함.

그런 한나를 사랑했지만 한나의 일방적인 잠적으로 이별을 겪은 '나'는 훗날 그녀를 법정에서 다시 만난다. 법대 세미나를 위해 참석한 재판에서. 한나는 과거 나치의 강제 수용소에서 감시원으로 일한 죄로 재판을 받고 있다. 함께 기소된 다른 여자 감시원들은 다소 어수룩한 한나에게 큰 죄를 뒤집어씌우고 자신들은 최소한의 처벌만 받고자, 당시 수용소의 중요한 보고서를 작성한 사람이 한나라고 몰아세운다. 한나는 물론 이를 부인한다. 그러나 사실 확인을 위한 필적 감정을 요구받자 몹시 불안한 모습을 보이다가,

갑자기 자신이 그 보고서를 작성한 게 맞다고 대답한다. 평생 감추기 위해 그토록 애써왔던 것, 문맹이라는 결핍을 노출하기 싫어서. 글을 쓸 줄 모른다는 것만 밝히면 너무나 간단히 무죄가 입증된다는 걸 알면서도, 가장 끔찍한 범죄자가 되는 거짓말을 선택한 것이다.

동명의 영화로 이 작품을 기억하는 사람이라면 바로 이 장면, 법정에서 종이와 펜을 앞에 둔 한나가 패닉에 빠지는 장면, 곧이어 종이보다 창백한 얼굴로 자신이 저지르지도 않은 죄목을 인정하는 장면, 이를 연기하는 케이트 윈슬렛의 눈빛을 잊기 어려울 것이다. 마치 죽음을 눈앞에 둔 듯 공포에 질린 인간의 초조함과, 그 죽음과 맞바꿔서라도 지켜야 하는 어떤 자존심(그것을 자존심이라 할 수 있다면), 그 뒤틀린 자존심을 떠받치는 말도 안 되는 결연함이, 단 몇 초간 한 사람의 눈동자 안에 뒤섞일 수 있다는 것을 이 위대한 배우는 증명한다. 아, 배우란 얼마나 놀라운 직업인가.

삶을 지키기 위해 삶을 뒤흔드는 거짓말을 하는 사람. 한나는 그 시절 내게 가장 소설적인 인물이었다. 내가 만약 소설을 쓴다면 꼭 한번 만들어내고 싶은 인물. 아니 정확히는, 만약 소설을 쓴다면 나는 한 인간에게서 나올 수 있는 그런 최대한으로 참혹한 거짓말에 대해 쓰고 싶었다. 인간은 거짓말하는 존재니까. 거짓말 없이는 살 수 없으니까. 그

121

러면서도 우리는 모두 알고 있으니까. 어떤 거짓말은 모든 걸 무너뜨린다는 걸.

아니 어쩌면, 가장 참혹한 거짓말의 반대편에서 세상의 시소를 기울지 않게 하는, 가장 멋진 거짓말에 대해 쓰고 싶었는지도 모른다. 삶을 고양시키는 거짓말. 사랑의 땔감이 되는 거짓말. 겨울에 여름 같고 여름에 겨울 같은 거짓말.

아무도 다치게 하지 않고 아무도 의심하지 않는, 진실보다 좋은 거짓말.

(아. 노파심에. 《책 읽어주는 남자》는 역사적 알레고리가 풍부한 작품이다. 거짓말을 넘어. 로맨스를 넘어. 소설은 소설대로, 영화는 영화대로 훌륭하다고 생각한다.)

다시 돌아가서. 나는 언젠가 쓸 수 있을까. 진실보다 좋은 거짓말을. 진실보다 좋은 거짓말을 쓰려면 아무래도 진실에 대해 알아야겠지. 그다음엔 좋은 것들을 많이 알아야 할 것이다. 이런 건 어떨까. 나는 과거에 사랑하는 사람의 거짓말을 목격한 적이 있다. 왜 거짓말하느냐고 따져 묻지 않았다. 그의 (거짓)말은 믿지 않았지만 그가 그런 (거짓)말을 할 수밖에 없었던 상황을 믿었기 때문에. 나의 사랑은 그런 것이기 때문에.

사랑은 끝났다. 거짓말 때문은 아니다.

또 이런 건 어떨까. 이번 주에 책*에서 읽은, 진실보다 좋은 거짓말. 한 할머니가 일흔여덟에 노인대학에 들어갔는데 그 나이 되도록 한글을 읽을 줄 모른다는 게 부끄러워서 그만 거짓말을 하고 말았다.

일흔다섯이라고.

그 거짓말은 오래가지는 못했다고 한다.

---

*   정혜윤,《슬픈 세상의 기쁜 말》, 위고, 2021년.

쿤

　'왜 계속 살아야 하는가'라는 질문이 있다고 치자. 그에
대해 '내일을 살아보지 않았으니까'라는 대답이 있다고 치
자. 이 대답에는 몇 가지 조건이 필요한 것 같다. 내일이 오
늘보다 나을 것이라는 믿음, 또는 낫진 않더라도 다를 거라
는 기대, 낫거나 다른 내일을 감당하는 기분이 나쁘지 않을
거라는 예측. 나는 애석하게도 그 믿음, 기대, 예측이 자연
스럽게 작동하는 기질을 타고나지 못했다. 최악을 상상하
는 버릇, 최악일 때 피해를 최소화하기 위한 대비, 최소화하
지 못했을 때 망가질 나 자신에 대한 시뮬레이션. 그런 것
들에 익숙했다. 언젠가 누가 물었다. "좋은 일이 일어날지
도 모른다는 생각은 안 하세요?" 나는 대답했다. "그런 생각
을 하려면 다시 태어나야 할 것 같아요!"*

---

* 　하지만 이제는 '좋은 일에 대한 상상'도 연습하면 된다는 것을 알
고 있다.

그런데 삶은 가끔 기적을, 마치 '오다 줏었다'는 무심함으로 던져주기도 한다. 오다 주웠다는 무심함으로 불행을 던져주는 것과 같은 이치로. 나에겐 서른 넘어 만난 몇몇 인연, 삶이 내게 던져줬다고 말할 수밖에 없는 기적처럼 소중한 사람들이 있다. 내가 아주 천천히, 내일을 믿고 기대하고 감당하는 쪽으로 발을 옮기는 데 돌다리가 되어준 사람들.

　　나의 무심한 기적, 쿤. 그가 가장 사랑하는 작가, 밀란 쿤데라에서 따서 부르려 한다. 쿤을 처음 만난 건 옛 직장에서였다. 그는 저자로 나는 편집자로. 편집자가 된 지 1년이 되지 않았을 때, 첫 책을 내기 위해 회사를 방문한 그와 대면했다. 상사와 함께 있었기 때문에 나는 그다지 많은 말을 하지 않았고 그 또한 첫 미팅에 긴장한 기색이 역력했다. 너무 많은 일을 한꺼번에 하던 시기라 사실 나는 쿤의 원고를 꼼꼼히 읽지 못하고 미팅에 참석했지만, 후반부 원고 마무리를 부탁하며 편집자답게 말했다. "작가님, 많이 기대하고 있겠습니다."

　　놀랍게도 책은 1만 부를 찍었다. 책이 잘 안됐다면 나는 결국 쿤과 나 사이의 선을 넘지 못했을까. 안된 책을 사이에 둔 저자와 편집자가 나눌 이야기란 많지 않으니. 하지만 우리는 1만 부를 찍는 동안 자주 밥 먹고 차 마시고 인터뷰나 촬영 건으로 만나고 그 김에 다음 책을 구상하고 그 김에 사적인 얘기를 하고 그 김에 울고 그 김에 서로의 아픈 부분을 짐작하고 결국에는 그걸 농담 삼는 단계까지 나아갔다. 쿤은 언젠가 말했다. "며칠 굶으면 죽을 줄 알고 꼼짝 안 하고 누워만 있었는데 목이 너무 말라서 일어났잖아. 웬만하면 사람이 목말라서 못 죽어요."

나는 쿤을 바라보는 걸 좋아한다. 콧잔등을 찡그리며 둥근 눈매로 짓는 웃음, 그 커다란 눈에 순식간에 차오르는 눈물, 상대방을 볼 때 호기심으로 깜빡이는 눈꺼풀, 조금 긴장할 때 힘 들어가는 어깨와 분주해지는 손, 폭소가 잦아들며 숨을 고를 때의 리듬……. 실은 이런저런 묘사 필요 없이, 쿤은 그저 누가 봐도 아름다운 외모를 가지고 있다. 한 출판 관계자는 내게, 왜 비주얼 마케팅을 하지 않느냐고 노골적으로 말하기도 했다. 웃어넘겼지만, 나는 쿤의 진짜 아름다움은 그 아름다움을 본인이 전혀 의식하지 않는 데 있다는 걸 안다. 그의 '예쁜' 얼굴에는 종종 '그런 게 뭐가 중요해'라는 쑥스러움이 지나간다. 강요된 여성성이 자아내는 쑥스러움이 아닌, 존재의 보잘것없음을 오랜 어둠 속에 체득한 이의 쑥스러움. 나는 쑥스러움이 없는 사람을 좋아해본 적이 없기도 하지만, 쿤의 쑥스러움에 깃든 우아함을 진심으로 사랑한다.

쿤 앞에서는 캄캄한 순간들이 놀랍게 가벼워진다. 나는 언젠가 쿤에게 물었다. 그럼에도 불구하고 당신은 외로움을 모르는 사람 같다고. 또 한번 나의 터널을 지나고 있을 때였다. 내일이 전혀 궁금하지 않은 터널. 내일도 터널일 것 같은 터널. 내일도 터널일 바에야 왜 눈 뜨고 먹고 싸야 하는지 모르겠다고 (또) 그랬겠지. 내 말에 섞인 부러움을, 시샘을 그는 알았을 것이다. 그가 스스로 외롭다는 느낌에서 벗어나기까지 지나왔을 길고 긴 터널을 내가 모른 척하며 투정 중이라는 것 또한. 쿤은 쿤답게 대답했다. "윤주 씨, 오래오래 살아서 나중에 할머니 돼서도 너는 어떻게 그렇게 외로움을 모르냐고 물어봐 줘요. 그리고 내가 윤주 씨 죽으면 빌어줄게요. 다시 태어나지 않도록."

그는 누구에게 어떤 말이 달콤할지를, 설탕 없이 아는 사람이다. 내가 죽은 다음 나보다 더 늙은 할머니가 되어서, 내가 인간으로도 고양이로도 꽃으로도 모래로도 태어나지 않기를, 그리하여 영원히 평안하기를 빌어줄 사람을 나는 갖게 되었다. "쿤은요? 혹시라도 내가 더 살게 되면 나도 쿤을 위해 그렇게 빌어줘야 해요?" 내가 되물었을 때 쿤은 잠시 말이 없다가 화들짝 대답했다. "요즘 행복해서 잠깐 혹할 뻔했는데, 우리 서로 똑같이 빌어줘요."*

지금 쿤이 사는 곳은 내가 사는 곳보다 여덟 시간이 느리다. 내게 어떤 슬픈 마음이 생겼을 때, 이 슬픔이 쿤의 세계에서는 아직 일어나지 않았으니 여덟 시간이 지나기 전에 혼자 수습해 보면 없던 일이 될지 모른다는 엉뚱한 생각으로 버틴다. 더는 그에게 징징대지 말고. 쿤 또한 어떤 새로운 터널을 통과하고 있을지 모르니.

---

*　하지만 이제 나는 다시 태어난다 해도 그 삶을 기쁘게 받아들이고 또 한번 최선을 다해 살아보고 싶다. 이 변심(!)을 아직 쿤에게 고백하지 못했는데, 그가 뭐라고 말할지 궁금하다.

빨간 코트

올겨울 서울엔 눈이 잦다. 눈이 오면 사람들은 하늘을 올려다본다. 거기 하늘이 있다는 걸 까먹고 있었다는 듯. 일이나 공부 같은 건 하기 싫어질지도 모른다. 다툼, 치장, 연설 같은 것도. 그 대신 편지나 위로 같은 게 하고 싶어질 수 있다. 기도, 추억, 침묵 같은 것도.

눈이 오니까.

옛날에 빨간 코트를 가지고 있었다. 흔히 떡볶이코트라고 부르는 더플코트 형태였다. 눈 오는 날 그 코트를 입고 집을 나서면, 성실한 고등학생으로서 갈 데라곤 독서실밖에 없으면서도 마음이 부풀고 기운이 솟았다. 동화적인 기분. 하얀 마을을 가로지르는 빨간 코트의 주인공. 코트에 내려앉는 눈송이를 보기 위해 우산 없이 걸었다. 다니던 독서실에는 두 가지 좋은 점이 있었는데 하나는 건물 옆에 펼쳐진 제법 넓은 공터. 눈을 맞고 밟기 좋은 장소였다. 두 번째는 독서실의 사무를 맡아보던 '총무 오빠'. 흰 피부에 콧

날이 아름다운 순정만화형 미남이었다. 표정도 말수도 적은, 겨울에 어울리는 미남. 이 오빠가 있는 동안 독서실 회원이 급증했다.

요즘엔 눈사람보다 눈오리를 만드는 아이들이 많다. 눈사람은 사실 제대로 만들려면 어린이들의 힘만으로는 쉽지 않다. 불어난 눈덩이는 바위처럼 무겁다. 눈오리는 그렇지 않다. 대량생산이 가능한 도구가 있다. 플라스틱 집게 끝에 속이 빈 오리 모양의 틀이 달렸다. 집게를 벌려 오리 속에 눈을 가득 채우고 꾹 찍어내면 되는 것 같다. 직접 해보진 않았다. 놀이터 옆 돌계단 한 층에 눈오리 열세 마리를 나란히 세워놓은 어린아이가 열네 번째 오리를 제작하는 걸 훔쳐보았다. 계단 오르내리는 사람들이 지나갈 공간은 터줘야 할 텐데. "오리들을 다른 데로 옮기면 어떨까? 아줌마가 도와줄게." 이윽고 어린아이와 나는 차근차근 오리들을 안전한 곳으로 운반했다……면 좋았겠지만 그런 제안을 할 숫기가 나에게 없다. 40대가 되어도 없다. 할 수 없다. 마음으로 오리들의 안녕을 빌 수밖에.

그해 겨울에도 눈이 많았다. 학교를 마치고 할머니가 입원한 병원으로 가는 길에 제법 굵은 눈송이가 떨어졌던 기억이 난다. 병원 입구에서 우산을 털고 병실을 찾아갔다. 미리 가 있던 가족들이 할머니의 침대를 둘러싼 채 심각한

표정을 짓거나 고개를 숙이고 있었다. 허리를 곧게 세우고 침대에 앉아 있는 할머니는 정작 나빠 보이지 않았는데. 다가가 할머니의 손을 잡고 눈을 맞추려는 순간 뭔가 이상하다는 걸 느꼈다. 할머니가 날 알아보지 못했다. 그런 문제로 입원한 게 아니었는데. 평소 앓던 고혈압으로 몇 가지 검사를 하기 위해 입원한 것이었는데.

할머니는 아직 죽지 않은 사람을 관에 넣으면 안 된다고 말했다. 그 말만을 반복했다. 오전에 한 검사 중에 MRI 촬영이 있었다. 귀가 거의 들리지 않고 글도 읽을 줄 몰랐던 할머니에게 촬영에 대한 설명이 얼마나 잘 전달됐는지 알 수 없었고. 촬영을 위해 몸을 눕힌 채 통 속으로 들어가는 과정이 있었을 것이다. 뒤늦게 의료진은 상황을 바로잡기 위해 노력했겠지만. 그런 일을 예상한 사람은 아무도 없었으므로 모두가 허둥댔다.

할머니가 퇴원한 날에도 눈이 왔다. 오랜만에 돌아온 자신의 방에서 할머니는 자꾸 바닥을 손으로 쓸어 무언가를 주웠다. "웬 머리카락이 이렇게 많아……." 머리카락은 하나도 없었다. 나 이제 고3인데 어떡하지. 그 와중에 내 생각만 했다. 코트를 챙겨 입고 나섰다. 독서실 가는 길은 똑같았지만 동화는 끝났다. 풀어야 할 수학 문제가 산처럼 쌓여 있었다. 언어 영역에서 쌓아놓은 점수를 수리 영역에서 다

까먹는 전형적인 문과 여학생이었다. 남은 1년 동안 수학만 하는 거야. 모든 아픔에 상관할 순 없어. 아마도 잔뜩 일그러졌을 얼굴로 독서실 문을 열었는데 총무 오빠가 웃으며 다가왔다. "눈 오는데 빨간 코트 입고 혼자 걸어오니까 엄청 눈에 띄더라."

그가 내게 말을 건 것은 처음이었다. 아니, 그가 말을 그 정도로 길게 하는 걸 처음 봤다. 그러므로 소녀답게 상상했다. 저기요, 나를 데리고 아주아주 먼 곳으로 떠나주지 않을래요? 혹시 동화가 끝난 게 아니라면. 또는 아직 새로운 동화가 남았다면.

"……감사합니다."

인사하고 내 자리로 가서 코트를 걸어두고 책상의 불을 켜고.

한다고 되는 걸까.

그런 생각을 했던 것 같다.

존재의 모든 틈에 봄눈 같은 가혹함이 쌓여 있었다*고 앤 카슨은 말했다.

---

* 앤 카슨, 《유리, 아이러니 그리고 신》(황유원 옮김, 난다), 2021년, 38쪽.

봄은 멀었지만.

올겨울은 눈이 잦다. 어떤 날은 싸락눈이. 작은 깃발처럼. 어떤 날은 함박눈이. 포기를 모르는 여왕의 망토처럼. 아이가 세워놓은 눈오리들은 그날 저녁도 못 되어 전부 사라졌다. 흔적도 없이.

사 랑 이 야 기 모 임

오직 사랑 이야기만 할 수 있는 모임을 꾸리면 어떨까.
장소는 한갓진 주택가의 작은 카페. 테이블이 서너 개뿐이
고 인테리어는 전혀 힙하지 않다. 사랑 이야기엔 때로 은밀
한 공기가 요구될 테니 누가 들을까 봐 신경 쓰이지 않게
세 시간쯤 통으로 빌리면 좋겠다. 커피 맛은 꼭 훌륭하지
않아도 괜찮지만 약간의 쿠키나 케이크 한두 종을 곁들일
수 있는 곳이어야 한다. 은밀한 이야기엔 에너지가 드니까.
그렇다고 다 같이 한 끼 식사를 하는 법은 없다. 메뉴가 어
떻고 맛이 어떻고 배가 부르네 마네 할 시간이 없다. 목적
은 오직 대화다. 밥은 각자 알아서 먹고 와야 한다. 충분히
떠들 수 있을 만큼.
　　주기는 분기에 한 번이 적당할 것 같다. 한 계절이면
생을 부지하기 위해 이 꼴 저 꼴 다 보면서 이런저런 상처
를 입기에 충분한 기간이다. 회복과 전환이 필요한 시점이
다. 이 모임은 다음 분기를 살아가게 할 마음의 자원을 제

공한다. 사랑 이야기가 마음의 자원이 된다고 생각하지 않는 사람에겐 따라서 아무런 쓸모가 없는 모임이다. 아. 모임에서 다루는 사랑은 성애를 포함하는 사랑, 즉 모든 종류의 로맨스다. 부모와 자식에 대한 사랑, 환경과 인류에 대한 사랑, 신과 이념에 대한 사랑은 취급하지 않는다.

　　인원은 넷이 적절할 듯싶다. 셋은 너무 긴밀하고 다섯은 너무 산만하다. 로맨스에 대한 수다라면 환장을 하는 종류의 인간이어야 한다. 현재 진행 중인 사랑이 없다면 과거를 호출하면 된다. 서로가 간절한 애욕의 대상이 되는 사랑, 그저 대충 만나 대충 지내다 대충 끝나버린 사랑 말고, 떠올리기만 해도 여전히 뜨거워 델 것 같은, 기억의 모서리에 스치면 아직도 예리하게 베여 핏방울 맺힐 듯한 사랑을 말할 수 있어야 한다. 메밀꽃 흐드러진 하얀 달밤의 '한 번'으로 평생을 살아가는 장돌뱅이처럼. 그런 이야기를 할 때 피가 돌고 생기가 오르는 사람들이어야 한다.

　　그러므로 '사랑? 팔자 좋은 소리 하고 있네'라거나 '사랑이라니, 애들도 아니고'라거나 '이미 결혼했는데 사랑 뭐 어쩌라고' 정도의 상상력을 가진 사람에게는 이 모임처럼 세상 쓸데없는 집단이 없을 것이다. 하지만 세상에는, 세상 쓸데없는 이야기를 떠들어야만 세상의 가혹함을 겨우 견뎌낼 수 있는 사람들이 있다. 이들은 한 인간이 다른 인간을 욕망하고, 유혹하고, 이해하고, 만지고, 가여워하고, 염려하고, 그리워하는 일을 무엇보다 귀하게 여긴다. 그게 철없는 일이라면 이들은 철없는 게 맞다. 하지만 사시사철 철든 인간이란, 얼마나 지루한가.

사랑을 잃은 뒤 너무 외로워서 현관문을 열어놓고 잔다는 친구가 있었다(위험하니 절대 따라 하면 안 된다). "미쳤구나……." 그에게 해줄 수 있는 유일한 탄식이었다. 사랑에 미친 이들은 가끔 미친 짓을 한다. 이 모임은 그렇게 살짝 미쳐 있는 인간들을 위한 자리다. 몸무게와 '섹스 무게'의 차이점을 설파하던 친구도 있었다. 사람의 실제 체중과 섹스 시 체중이 다르다는 게 그의 지론인데, 섹스에 예의와 성심을 다하는 사람들은 파트너의 몸에 (자신의 실제 무게로 가능한 범위보다) 더 극적인 하중의 변화를 가하게 되고 그 변화의 낙차가 쾌락의 수준에 영향을 준다고 그는 설명했다. "쓸데없이 디테일해……." 그에게 해줄 수 있는 최고의 찬사였다. 무언가에 미치면 디테일을 파게 된다. 이 모임은 그렇게 디테일에 목숨 거는 인간들을 위한 자리다.

그렇다고 제 발정 하나 수습하지 못하는 이들이 야한 얘기 배틀을 뜨기 위해 모이는 것은 아니다. 야한 것은 사랑의 일부일 뿐. 야하지 않은 사랑의 순간에 대해서도 지치지 않고 말할 수 있어야 한다. 긴장하고, 슬퍼하고, 갈등하고, 희생하고, 때론 결단하고 실행하는, 사랑의 모든 계절에 돌다리처럼 놓여 있는 기쁨과 아픔을 탐색할 줄 알아야 한다. 사랑의 주인공뿐 아니라 연구자가 될 줄도 알아야 한다. 모임에서는 본인의 사랑뿐 아니라 개츠비와 보바리 부인의 사랑에 대해, 쿤데라와 뒤라스가 그려내는 사랑에 대해, 마릴린 먼로와 아서 밀러에 대해, 홍상수와 김민희에 대해 논쟁할 것이기 때문이다. 곰팡내 가득한 술자리에 난무하는 섹드립 대잔치를 기대하면 안 된다.

그렇게 세 시간, 자기 안팎의 수많은 사랑 이야기를 주고받은 뒤 넷은 아쉬움 없이 헤어진다. 그날 들은 모든 이야기에 대해 넷은 아무런 판단도 의심도 오해도 하지 않는다. 누군가 전부 꾸며낸 이야기를 했다 해도 상관없다. 꾸며냈다면 그것은 그것대로 그의 판타지일 테니. 판타지도 사랑이다. 함께 모여 모닥불 피우듯, 사랑의 불씨에 마음 덥힌 네 사람은 다음 분기까지 각자의 자리에서 저마다의 이유로 고달픈 삶을 견뎌낸다. 틈틈이 사랑하며. 또는 지난 사랑을 추억하며. 아니면 아직 도착 안 한 사랑을 기다리며. 그들이 어두운 방에서 소리 없이 울 때 사랑은 눈물을 먹고 살찐다.

사 랑 은 듣 기

　내가 사랑을 할 때 도대체 그 사람이 왜 좋으냐고 물으면 백 가지 이유를 댈 수 있다. 그런 게 사랑이라 믿지만. 대답은 아마도 하나만 할 것이다. 나의 사랑이 성립되는 데에 가장 높이 기여하는 하나. 그는 정말로 잘 들어준다는 것. 치명적인 무언가를 기대했다면 맥 빠지는 대답이려나. 아니면 잘 들어준다는 말을, 내 뜻에 다 맞춰준다는 뜻으로 오해하려나. 내가 말하는 것은 다만 경청이다. 그는 경청하는 사람. 대상은 나다.

　우리는 쉽게 무언가를 듣고 있다고 생각하지만 정말로 잘 듣는 건 생각보다 쉽지 않다. 해봤다면 알 것이다. 누군가의 이야기를 귀 기울여, 아니 온몸 기울여 듣는 데 얼마나 에너지가 많이 드는지. 듣는다는 건 다가서는 일이면서 멀리 보는 일이고, 이해하는 일이면서 맞서는 일이고, 공명하는 일이면서 버티어주는 일. 그 힘든 일을 모든 사람에게 행하며 살 순 없으므로 우리는 우리가 선택한 사람에게 경청의 에너지를 할애할 수밖에 없다. 그리고 그걸 사랑이라고, 적어도 나는 그걸 사랑이라고 말한다.

상대방을 향해 응, 응, 응, 열심히 주억거린다고 잘 듣는 걸까. 진실로 귀 기울인 이야기는 한 사람 안에서 곱게 소화되기도 하고 강한 충격이 되어 끓기도 한다. 들은 사람은 말한 사람에게, 뭐가 소화되고 뭐가 끓었는지 알려주게 된다. 듣고 있음을 티 내기 위해서가 아니라 저절로 그렇게 된다. 잘 소화된 이야기라면 포만감에 기뻐하고, 자신을 끓게 한 이야기라면 호기심에 전진한다. 어디로? 말한 사람에게로. 네 생각을, 역사를, 벼랑과 늪지를, 더 들어야겠다고 바짝 다가간다. 잘 들으려면 따라서 용기가 필요하다. 당신의 영토에 들어가고 싶어요. 선을 넘을 용기. 용기보다 언제나 예의를 선택하는 사람에게선 사랑을 느낄 수 없는 이유.

나의 영토에 들어선 당신의 질문. 처음으로 슬픔을 느꼈을 때가 언제였어요? 한 사람에게 슬픔의 씨앗이 뿌려진 때에 관하여, 당신은 들을 준비가 되어 있다. 경청의 에너지를 내게 할애할 의사가 있다. 나는 엄마의 자궁 안에서였다고 대답한다.

내가 엄마의 배 속에 있을 때 엄마는 자신의 엄마를 잃었어요. 만삭이었던 엄마는 장례 절차의 일부에만 참석할 수 있었대요. 둥근 배에 한 손을 얹고 다른 손으로 눈물

139

을 훔쳤겠죠. 겨우 스물여섯 살이었는데. 나는 엄마의 우는 얼굴을 잘 알아요. 엄마의 슬픈 표정을 상상하는 건 어렵지 않죠. 태아의 슬픈 얼굴은 쉽게 상상할 수 없지만 아마도 찡그렸겠죠. 작은 심장이 콕콕 쑤시듯 아팠을지도 몰라요. 슬픔은 주로 가슴의 통증으로 신체화되니까. 엄마의 엄마가 병을 알고 세상을 떠나기까지는 석 달의 시간밖에 허락되지 않았대요. 나는 역아逆兒였으므로, 엄마의 심장 쪽으로 머리를 세우고 귀도 쫑긋 세웠을 거예요. 석 달간 엄마의 울음소리가 들릴 때마다 나는 눈물 없이 함께 울었을지도 모르죠.

음성적 세계에 대한 인식은 우리의 탄생보다 선행한다고 파스칼 키냐르는 썼어요.* 갓난아기의 청취는 출생의 순간에 시작되는 것이 아니죠. 태아 상태에서부터 아기는 어머니의 소리를 들어요. 그런데 '듣다'라는 뜻의 라틴어 'obaudire'에서 '복종하다'라는 뜻의 프랑스어 동사 'obéir'가 파생했대요. 재밌지 않아요? 듣는 것은 복종적 행위라고 키냐르는 말해요. 태아는 어머니의 소리에 복종해요.

당신은 나의 소리에 복종해요. 괜찮은가요?

---

*　파스칼 키냐르, 《음악 혐오》(김유진 옮김, 프란츠), 2017년.

당신은 괜찮다. 괜찮을 뿐 아니라 하염없이 듣고 싶어 한다. 듣기는 일방적일 수 없다. 나도 당신을 하염없이 듣고 싶어 한다. 우리는 다가서면서 멀리 보고, 이해하면서 맞서고, 공명하면서 버티어준다. 우리가 힘들 때, 아플 때, 슬플 때도 듣기는 중단되지 않는다. 숨과 신음과 울음의 틈에 안착하는 우리의 언어를 우리는 빠짐없이 듣는다. 우리는 번갈아 복종한다. 나의 영토와 당신의 영토가 뒤섞이고 우리의 땅에 하나의 비가 내리고 하나의 연민이 내린다. 우리는 서로를 연민한다. 경청하는 사람은 연민한다. 연민의 다른 이름은 사랑이다.

위층에서 매일 밤 아기가 운다. 우는 소리가 나서 시계를 보면 꼭 10시 전후다. 나로서는 한창 집중력이 올라가는 시간이라 순간적으로 신경이 곤두선다. 만약 내게 어린아이를 이해하는 능력이 전혀 없었다면. 왜 매일 밤 애를 울리냐고, 저 부모, 애를 제대로 보긴 하는 거냐고 짜증을 부렸을 거다. 아니면 저 집 혹시 애를 학대하는 건 아니겠지, 나쁜 상상을 하면서 안절부절못했을지도. 스트레스가 극심해진 어느 날 엘리베이터에서 위층 사람들을 마주치기라도 하면, 저기요, 밤늦게 애 울음소리 좀 안 나게 해주세요, 신경질적으로 호소했을지도 모른다. 얼마나 다행인가. 나의 친동생과 친구와 선배와 후배들에게 어린아이가 있어서, 애를 키워보지 않은 나의 무지를 덜어준다는 것이.

윗집 아이가 울기 시작하면 수년 전 동생의 모습이 떠오른다. 동생이 낳은 아이, 나의 조카는 한번 재우려면 꼬박 두 시간을 업어 다독여야만 울음을 그치고 겨우 선잠에 이르는 아이였다. 다른 방법은 없었거나, 찾지 못했다. 동생은 다 죽어가는 목소리로 중얼거리곤 했다. "설마 스무 살까지 이렇게 재워야 하는 건 아니겠지……" 그 무렵, 갓난아이가 잠투정을 하는 이유가 잠드는 일을 죽는 것으로 오인하기 때문이라는 말을 어디선가 들었다. 믿거나 말거나. 잠이, 꿈이, 지금 내가 존재하는, 빛과 감촉이 있는 세계로부터 진공의 영역으로 추방되는 일이라면. 울지 않을 도리가 있을까. 그렇게 무서운 기분을 날마다 겪는 어린 존재가. 어린 존재는 무럭무럭 자라 초등학생이 되었고 여전히 어린 존재이긴 해도 더 이상 엄마의 등에 업히지 않는다. 걸그룹의 댄스를 따라 하다 지쳐 잠이 든다. 윗집 아기가 울기 시작하면, 나는 아직 마주친 적 없는 아이 엄마를 떠올린다. 아이가 울지 않고 잠드는 날을 도무지 상상할 수 없을 그에게 말하고 싶어진다. 아이들은 언젠가 춤을 춘답니다. 춤을 춘다고 해서 애타는 마음이 덜한 건 아니지만 그래도 울지 않고 춤을 춘답니다.

어린 존재로 인해 애타는 마음을 나는 물론 알지 못하지만. 친동생과 친구와 선배와 후배들이 애타는 많은 순간의 근심을 내게 나누어준 덕에, 어떤 아이들은 부모의 능력, 의지, 철학, 신념에 아랑곳없이 그저 운다는 걸 알게 되었다. 아이는 운다. 그냥 운다. 원래 운다. 나는 아이에게, 네가 노키즈존에 들어갈 수 없는 이유를 설명할 수 없다. 키가 좀 더 크면 놀이기구를 탈 수 있을 거라고 말해주듯 키가 좀 더 크면 저 카페에 들어갈 수 있을 거라고 말해줄 수 없다. 둘은 같지 않다고 느낀다.

윗집 아이가 조금 더 자라면 울음소리가 아니라 뛰는 소리가 들릴 텐데. 그때도 내가, 아이는 뛴다, 그냥 뛴다, 원래 뛴다, 와 같은 말을 할 수 있기를 바란다. 쉽지 않겠지만. 어린 존재에게만큼은 조건 없이 마음을 여는 어른이기를 바란다. 나는 어린아이들이 세상은 기댈 만한, 기대할 만한 곳이라고 믿어주었으면 하는 아주 강력한 소망을 갖고 있는데, 왜냐하면 세상은 그래야만 살아갈 수 있는 곳이기 때문이다.

그래서 어른이 아이에게 그런 믿음을 주지 않을 때 화가 난다. 절망하기도 한다. 수년 전 서울에서 부모에게 장기간 학대당한 아이가 16개월에 사망하는 사건이 있었다. 그 잔혹함 때문에 언론에 크게 다루어졌지만 솔직히 한 번도 뉴스를 끝까지 보지 못했다. 피해 다녔다. 내가 감당하지 못하는 종류의 뉴스였다. 그런데 어쩌다 그 장면을 보았는지 모르겠다. 아이가 사망하기 며칠 전(이었던 걸로 기억된다), 어린이집 CCTV에 찍힌 장면. 심신이 다 망가져 더 이상 울지도 않고 하루 종일 교사의 품에 가만히 안겨만 있던 아이가, 저녁이 되어 자신을 데리러 온 부모를 보자 두 다리로 일어선다. 문자 그대로 젖 먹던 힘을 짜내 부모 쪽으로 천천히 걸음을 옮긴다. 부모에게 가려고. 집에 가려고. 아이는 도망을 모른다. 자신을 이루 말할 수 없는 방법들로 폭행한 사람들에게 돌아가지 않는 방법을 모른다. 아이의 빌어먹을 우주가 거기에 있으니까. 무너지기 직전의 우주라 해도.

어떤 우주든, 아이는 제 우주를 선택한 적이 없다.

한 아이를 태어나게 한다는 것에 대해 수년간 많은 이야기를 나눴던 친구가 있다. 그 후 친구는 출산을 결정했고 그렇게 태어난 딸아이가 세 살이 되었다. 얼마 전 우리 집에 놀러 온 모녀. 아이는 구김 없이 환하다. 장난감을 가지고 한참 놀더니 갑자기 "또또 어디 있어?" 한다. 두리번거리다가 거실 한구석으로 종종 달려가 무언가를 껴안는 시늉을 한다. "또또 물 줘야 돼." 어리둥절한 내게 친구가 웃음을 참으며 속삭인다. "상상의 친구야. 그냥 보이는 척하면 돼." 아이가 나보고 또또를 잠깐 안고 있으라고 해서 나는 또또를 받아 안는다. 아이는 조심스럽게 물을 먹이고는 다시 거실 한쪽으로 또또를 데리고 간다. 우리는 다 알지 못할 아이의 우주가 있고, 그 우주를 훼손하지 않으려는 또 다른 우주가 있다.

"선명함을 잃을 때 모든 존재는 쓸쓸함을 얻는다. 우리가
누군가를 사랑할 때 자주 의기소침해지는 이유도 그와 비
슷하다. 상대방의 마음이라는 건 도대체 아침에도 낮에도
'저녁' 같기만 하고, 나는 '저녁' 앞에서 노인처럼 어두운
눈을 비비는 것이다."*

저녁 식사 자리에서만 두어 번 만난 사람이 있었다. 세
번째 만남쯤 해서 처음으로 그를 대낮에 보았다. 맑게 우러
난 홍차 같은, 밝은 갈색 눈동자가 눈에 띄었다. 동양인에게
선 자주 볼 수 없는 색이라 한참 바라보며 감탄했다. 해 떨
어진 데서는 저 아름다운 눈동자가 보이지 않았구나.

그 후로 나는 저녁에 보이는 사물들에 주의를 기울이
게 되었다. 땅거미 내린 거리, 이 색과 저 색의 경계가 흐려

---

*   한정원,《시와 산책》, 시간의흐름, 2020년, 121쪽.

지고 이 형태와 저 형태의 분별이 까다로워지면, 그 어떤 대상도 함부로 확신할 수 없게 된다. 그런 마음으로는 의기양양할 수 없다. 잘난 체할 수 없다. 저녁의 시선은 겸허를 알려준다.

작가 한정원은 그 순간을 사랑에 빗댄다. 사랑에 빠진 사람은 상대방의 마음을 알고자 분투하지만 그 노력은 대개 허사로 돌아간다. 사랑하면 할수록 상대의 마음은 '저녁'처럼 흐릿해진다. 바꾸어 말해볼까. 상대의 마음이 너무 환히 비친다면 내가 지금 하고 있는 것이 사랑이 맞는지 의심해 볼 필요가 있다. 한 사람을 꿰뚫고 있다는 확신이 과연 사랑일까. 오만의 다른 이름 아닐까. 사랑은 끊임없는 질문과 발견. 알 듯하지만 알지 못하고 닿은 줄 알았지만 닿지 않은 것.

저녁의 시선은 사랑뿐 아니라 모든 관계에 귀하다. 눈에 보이는 것 너머를, 타인의 아득한 역사를 헤아리려는 태도가 존중의 시작이기 때문이다. 흑과 백으로, 네모와 세모로 타인의 색과 모양을 규정하고 싶을 때마다 나는 "노인처럼 어두운 눈을 비비는" 마음가짐으로 돌아가려 한다. 선명하지 않은 세상은 작가의 말대로 쓸쓸하겠지만. 진짜 신의는 서로의 쓸쓸함 속에 움틀 테니.

2000년대 중반, 첫 직장이었던 서울 모 여고. 그때도 수업이 하기 싫은 학생들의 레퍼토리는 다르지 않았다. 쌤, 첫사랑 얘기 해주세요!

하지만 당시 '실연'으로 절절히 괴로워하고 있던 나는 첫사랑 따위를 소환할 에너지가 없었고. 조금 망설인 끝에 솔직히 말했다. 실은 얼마 전에 연애가 깨졌다, 차였다, 아니 이건 내가 찬 것이다, 아니다, 누가 찬 게 뭐가 중요하겠니, 다음에는 이런 놈을 만나지 않는 게 중요하다, 더 나은 연애를 할 것이다, 건강한 연애, 성숙한 남자, 어딘가에 그런 게 있을지 모른다, 나는 괜찮다, 실연은 문학의 힘일진대, 더 좋은 사람 쌔고 쌨다, 너희도 잘 알겠지만, 우리 모두 좋은 사람 만나자, 그게 국어보다 중요하다…….

학생들의 집중도가 어느 때보다 높아지고 있었는데.

나보다 꼭 다섯 살 어렸던 그들 중 하나, 내가 정말 사람의 신상 정보(?)에 관한 기억력이 말도 안 되게 나쁜데 그 친구 이름을 지금까지 기억한다, 2분단 앞에서 둘째 줄, 교탁 기준으로 오른쪽에 앉았던 Y가 정말이지 반쯤 애틋하고 반쯤 나른한 얼굴로 말했다.

"으이그 쌤, 남자 다 거기서 거기예요."

피임법을 나보다 더 많이 알던, 얇디얇은 눈꺼풀에 눈동자가 새카맣던, 웃을 때 눈은 웃지 않고 입만 웃던 Y야, 나는 가끔 네가 보고 싶어.

봄 은 고 요 하 지 않 다

옛날 옛날 어느 봄의 한가운데. 직장에서 몇몇이 모여 점심시간을 보내고 있었다. 엄격하고 일 잘하기로 유명했던, 속으로 많이 좋아하고 존경했지만 내겐 너무 까마득히 높아 보였던 한 선배가 말했다.

"나는 봄이 되면 벚꽃 만개한 밤길을, 눈부시게 새하얀 와이셔츠를 입은 젊은 남자와 걷고 싶어져."

어제저녁에 뭐 먹었는지 말고는 다른 얘기 하는 거 아니라는 '직장 동료' 사이. 어떤 욕망은 봄 햇살 속 아지랑이처럼 피어오른다. 웃으며 핀잔하는 사람들. 복잡한 의미의 탄식들. 어머머, 알고 보니 위험한 분이셨어!

선배는 웃지 않고 덧붙였다.

"나란히 걷고 싶다는 거지, 내가 뭐 지금 가정을 뒤집어엎겠다는 게 아니잖아."

그 주말 벚꽃이 만개했다. 고작 사나흘 정도를 위해 맹렬히 튀어 오르는 우주의 팝콘.

어쩐지 좀 쑥스러운 이야기인데 나는 사실 축구의 은 밀한 팬이다. 축구와는 너무 거리가 멀……게 생겼지만. 실 제로도 거의 무관한 삶을 살고 있지만. 그럼에도 불구하고 네가 정말 축구의 팬이냐 묻는다면, 좋은 것은 분명히 좋은 거라고 대답하겠다. 나는 축구가 좋다. 아 물론 보는 게 좋다는 뜻이다. 비록 잘 챙겨 보진 않지만. 비록 손흥민 정도밖에 모르지만. 오프사이드가 뭔지 설명을 백 번쯤 들었는데 비록 여전히 이해하지 못하고 있지만.

(오프사이드를 빼면) 특별히 뭘 배우고 익히고 계산하지 않아도 경기를 보는 데 큰 지장이 없어서 축구가 좋다. 공을, 차다가, 골대에, 넣으면, 득점한다. 그 심플함이 좋다. 둥글게 생긴 것을 발로 건드려 이리저리 몰고 가는 건 '매치'를 위해 고안해 낸 동작이 아니라 인간의 원초적 몸짓에 가깝기 때문에 좋다. 축구를 모르는 유아도 뭔가 굴러가게 생긴 물건이 발치에 있으면 한번 툭 차보지 않나. 찼을

때 구르거나 날아가면 신나고. 날아간 자리로 따라가 또 차고. 나도 어릴 때 그랬다. 손 아닌 발로 사물을 움직일 때 느껴지는 신체적 제약, 그 제약을 이겨낼 때 느껴지는 쾌감을 즐겼던 것 같다. 혼자보다는 여럿이 모일수록 그 동작의 연속이 즐거워진다는 것도.

더 솔직해져 볼까, 팬으로서. 그래서 난 축구가 '진짜' 스포츠라고 느낀다! 어떤 장비, 시설, 규정의 개입이 최소화되고 인간의 신체만이 극대화되는! 이 의견에 다른 종목의 팬들이 반박 시, 그들의 말이 맞다. 나는 다른 많은 경기를 거의 알지 못하는 망연한 축구의 팬이니까. 오프사이드를 죽어도 이해 못 하는 몽매한 축구의 팬이니까. 그냥 화면을 가득 채우는 푸른 잔디가 좋고, 점수가 쭉쭉 올라가는 종목이 아니기에 득점 하나가 소중해 좋고, 그래서 득점 하나에도 막 승부가 뒤집혀 좋고, 그래서 하나를 득점하면 지축이 흔들리도록 세리머니하는 것도 좋다. 나의 정적이고, 사변적이고, 소극적이고, 회의적인 성정과 모조리 반대되는 축구가, 너무나 나에게서 멀기에 좋다.

무슨 리그든, 축구 경기가 생중계되고 있는 채널을 만나면 기분이 좋다. 지금 어디에선가 공을 차서 골대에 넣는 데에 사력을 다하는 사람들이 있다는 게 좋다. 그들이 질주하고 소리치고 부딪치고 넘어지고 일어서고 뺏고 뺏기고

얼싸안고 눈물짓는 걸 볼 때, 내가 나에게서 잠시 멀어질
수 있기에 좋다. 같은 이유로, 축구 경기를 시청하는 타인을
보는 것도 좋아한다. 너도 지금 훌쩍 떠났구나, 너를, 귀엽
게. 국가대표가 출전하는 큰 경기의 경우, 전반과 후반 사이
쉬는 시간에 아파트 엘리베이터가 층층이 다 서는 걸 목격
할 수 있는데 그 또한 귀엽다. 내가 담배의 팬이어서가 아
니라 축구의 팬이기 때문이다.

  2002년의 영향이 없지 않을 것이다. 히딩크 감독이 대
통령 선거에 나갔다면 아마도 당선되었을 그해에, 스무 살
이었다. 붉은 티셔츠를 입고, 교문부터 로터리까지 차가 하
나도 없는 차도를 가득 채운 인파 속에 퍼질러 앉아 승리
를 축하하던 몇 번의 밤이 있었다. 이 무슨 전체주의의 망
령이냐며 혀를 내두르던 노교수와, 즐거운 것을 즐길 때 너
무 회의하지 말라던 키 작은 교수의 수업을 동시에 듣고 있
었던 나는, 그 광란의 축제 속에서 붉은 악마 머리띠를 하
고 노래를 부르는 키 작은 교수를 얼핏 본 듯도 한데 정확
한 기억은 아니다. 하지만 그 와중에 내일 중간고사라며 길
바닥에 교재를 펼쳐놓고 밑줄을 치던 선배를 본 것은 정확
한 기억이다. 인생에서 가장 크게 웃었던 순간 중 하나니까.

  가장 최근에 본 경기는 카타르 아시안컵 조별리그 중
대한민국과 말레이시아의 경기다. 이 경기의 성적과 무관

하게 대한민국은 16강 진출, 말레이시아는 탈락이 확정된 상태. 전력상으로도 대한민국이 월등한 상태. 그런데 비겼다. 무려 3:3으로. 경기 종료 휘슬이 울리자마자 말레이시아 선수들은 일제히 두 팔을 흔들며 환호했다. 달려가 서로를 끌어안고 웃었다. 어차피 탈락할 리그에서 굳이 세 골이나 넣어 동점을 만들고, 우승팀처럼 기뻐했다. 이런 게 좋다. 이런 장면을 보려고 축구를 본다. 축구 선수들이 모든 스포츠 선수 가운데 가장 섹시해서, 가 아니다.

o

마음은 뛰어난 하인이지만 형편없는 주인이라는 말을 들었다. 마음 데리고 살기 유난히 힘들어하는 사람들에게 알려주고 싶은 말.

o

권태는 나이와 무관하다. "이제 목욕 좀 그만하면 안 돼요? 저 8년 동안 목욕했단 말이에요……(목욕하기 너무 귀찮은 날의 여덟 살 조카)."

o

19세기 프랑스, 우울증(을 낫게 한다고 믿었던) 치료법 중 찬물 샤워가 있었다. 그냥 찬물이 아니라 두개골을 깨버릴 듯한 온도의, 엄청난 압력의 물기둥으로 쏟아지는 찬물. 이 치료를 한 번 경험한 환자가 이후 의사 앞에서 자신이 더 이상 슬프지 않다는 것을 증명하기 위해 긍정적인 답변을 하고 미소를 지어 보였다는 학계의 기록이 있다.

또 다른 치료법: 회전목마와 비슷한 회전 기계를 만들어 거기에 환자를 묶어놓고 구토할 때까지 돌림(큰 공포로 환자에게 격변을 일으키는 것이 도움이 된다고 믿었기 때문이라고).

○

생애 최초이자 마지막이었던 개인 과외를 1996년, 중학교 1학년 때 받았다. IMF 터지기 1년 전. 선생님이 대학교 신입생이었고, 친구 두 명이 같이 받아 1/3씩 지불했기 때문에 과외비가 엔간한 학원비보다 낮았던 걸로 기억한다. 울산에서 막 상경한 선생님은 연세대학교에 다녔으며 신촌에서 하숙을 한다고 했다. 여성이었고 희성稀姓이었고 이름은 평범했다. 그해 여름 우리에게 한 달의 시간을 주고《폭풍의 언덕》을 읽게 했는데 이유가 기억나지 않는다. 친구들과 서점에 가서 책을 샀다. 당시 3500원. 그 후 스무 살 전까지 내가 가장 좋아하는 책은《폭풍의 언덕》이었다. 이후에도 여러 번역본이 꾸준히 나왔는데 내가 몹시 좋아하는 분의 번역본이 2년 전에 나온 걸 이제 알았다. 설렌다.

○

에밀리 브론테가 쓴 소설은 오직 《폭풍의 언덕》뿐이다.

○

어느 화창한 여름날의 토요일, 테니스복 차림의 부부가 집을 나선다. 정원을 지나던 중 남편은 깜빡한 것이 있다며 집으로 돌아간다. 아내는 신선한 햇볕을 쬔다. 이윽고 총소리가 들린다. 깜짝 놀란 아내가 집으로 뛰어간다. 문 열린 지하실 안에 스스로 머리를 쏜 남편이 쓰러져 있다. 탁자에 펼쳐져 있던 만화책의 특정 페이지는 남편의 마지막 메시지였으나 아내가 탁자에 기대는 바람에 책은 바닥으로 떨어진다. 책은 덮인다. 이 같은 내용의 소설 원고를 출판사에 넘긴 작가는 열흘 뒤에 자살한다. 에두아르 르베이야기다.

○

외로울 때 화를 내는 사람을 알고 있다. 외로울 때 우는 사람도 알고 있다. 외로울 때 자는 사람 또한 알고 있다. 외로울 때 청소하는 사람, 손톱을 물어뜯는 사람, 혼잣말하는 사람, 마른세수하는 사람, 컵에 물을 따르는 사람, 백팔배 하는 사람, 유튜브 알고리듬에 영혼을 맡기는 사람 등등

157

도 있을 것 같다. 언젠가, 외로움에 관한 아름다운 글을 쓰고 싶다. 그 아름다움은, 외롭지 않았던 사람들조차 외롭게 만드는 데 있을지도 모르겠다.

○

마음이 아파 술을 좀 마신 김에 갑자기 〈기생충〉 이야기. 〈기생충〉이 영화사를 다시 썼지만 나는 봉준호 감독의 마스터피스는 여전히 〈살인의 추억〉이라고 생각한다. 〈기생충〉은 너어어어어어어무 매끄럽다. 명징하게 직조 어쩌구, 이거 너무 맞는 말이어서, 영화 자체가 영화에 나오는 그 대저택 같다. 〈살인의 추억〉에서 뿜어져 나오는 에너지, 명징하기 전에 일단 밀고 나가는 에너지, 직조하지 않고 사방팔방 뻗어나가는 에너지 같은 건 없다. 거장은 무르익는 법이지만 에너지라는 것은 어쩔 수 없이 젊음의 것이기 때문일까. 모르겠다. 아무튼 나는 〈살인의 추억〉이 좋고, 마음이 아파 술을 좀 마신 김에. 내가 쓰고 싶은 글은 〈기생충〉 아니고 〈살인의 추억〉 같은 글이다. 응? 나 지금 뭐라고 했냐. 〈살인의 추억〉을 쓰고 싶으면 일단 봉준호여야…… 허허 술주정 한번 원대하네? 농담이고……(응? 뭐가) 창작에 있어 어떤 매끄러움과 에너지를 맞바꾸고 싶지 않단 얘기.

○

"그러니 너는 기뻐하며 빵을 먹고 기분 좋게 술을 마셔
라. 하느님께서는 이미 네가 하는 일을 좋아하신다. (…) 이
것이 네 인생과 태양 아래에서 애쓰는 너의 노고에 대한 몫
이다." —〈코헬렛〉9장 7, 9절

○

"에세이란 '평생을 작가로 살면서 도무지 한 가지 과제
를 위해선 살지 못하는 데 대한 핑계'"*라는 문장을 읽었다.

---

*   브라이언 딜런, 《에세이즘》(김정아 옮김, 카라칼), 2023년, 56쪽.

쑥 스 러 워 서

초등학교 1학년, 몸이 약해 교실에서 자주 토했다. 담임 김란수 선생님. 어쩔 줄 모르는 아이의 더러워진 책상을 치워주셨던. 매번. 그저 비뚤어진 옷깃을 만져주듯. 서툰 가위질을 도와주듯. 아픈 아이가 창피를 배우지 않게. 안 아픈 아이가 혐오를 배우지 않게. 고맙습니다, 했어야 하는데. 입이 떨어지지 않았다. 쑥스러워서 그랬다.

줄 게 있다며 먼 길 뛰어온 소년. 빼곡한 두 장의 편지와 한 송이 장미. 소년의 밭은 숨소리를 나는 듣고만 있었다. 그 마음 일찍이 알았으면서. 마음을 받은 사람에겐 힘이 있다는 걸 알았으면서. 소년의 초조가 슬픔으로 바뀔 때까지. 애타는 언덕길 뒤로 하나의 사랑이 저물 때까지. 다른 이유는 없었다. 쑥스러워서 그랬다.

아빠가 또 물건을 부쉈어. 성모상만은 안 된다고, 엄마는 성모상을 치켜들고 방으로 도망가 문을 잠갔어. 봄 소풍 갔던 날, 함께 도시락 먹던 친구가 말했다. 쪽지 같은 흰나비가 날아다니던 날. 흰쌀밥을 씹어 삼키던 친구를 안아주면 좋았을 텐데. 나도 밥만 먹었다. 쑥스러워서 그랬다.

그 사 람 이 혼 자 울 던 밤

남자가 운다.

등을 돌리고.

어두운 방 안을 떠도는 흰 달빛이 남자의 넓은 등을 비
춘다.

침대에 걸터앉은 남자는 아무것도 입지 않았다.

알몸의 남자에게서 울음이 자꾸자꾸 끊어 나온다.

어깨가 기울어지고 등뼈가 들썩인다.

남자가 아아아아, 운다.

비처럼 젖은 남자의 얼굴은 보이지 않지만.

남자는 아아아아, 울고 또 운다.

울고 있는 남자의 뒷모습을 내가 본 대로 묘사하고 싶
어서 나는 방금 열 줄 넘게 썼다. 쓰고 지운 것까지 포함하
면 더 많다. 하지만 아무리 많이 써도 내가 본 것에 닿지 못
하는 걸 나는 받아들인다. 그럼 이제 어떻게 해야 할까. 우

는 남자의 등에서 삶의 너무 많은 비밀이 새어 나오고 있는데. 그 비밀을 나 혼자 감당할 자신이 없어 누가 좀 나누어 가져줬으면 좋겠는데. 어쩔 수 없다. 나는 (당신에게) 영화 〈애프터썬〉을 직접 보라고 말할 수밖에 없다. 저 남자의 우는 등을 보는 것만으로도 영화의 가치는 충분하다고 부추겨야지. 영상매체에 대한 산문의 열패감을 살짝 감추고.

튀르키예로 여름휴가를 보내러 온 남자, 이름은 캘럼. 서른한 살. 얼마 전까지 카페를 운영했지만 그만두고 다른 일을 찾는 중이다. 중저가 리조트로 보이는 휴가지에 명상과 태극권 책을 가지고 왔다. 틈날 때마다 수련 동작을 한다. 그 모습을 놀리는 열한 살 딸, 소피. 전처와의 사이에서 태어난 아이다. 소피는 엄마와 살고 있으므로 둘만의 휴가가 자주 있는 일은 아니다. 둘은 남매처럼 보이기도 하고, 어쨌거나 소피는 꽤 신이 나 보인다. 이 모든 장면은 캠코더에 촬영된 저화질 영상과 소피의 기억에 담긴 과거다. 소피는 현재 성인이고 파트너와 함께 갓난아이를 키운다.

나는 방금 또 열 줄 정도로 영화의 거의 전부를 말했다. 〈애프터썬〉이 제공하는 객관적인 정보는 이게 다다. 우는 남자의 뒷모습은 어디에 있는가? 삶의 너무 많은 비밀은? 그냥 그 가운데 어디에 있다. 튀르키예의 찬란한 태양빛, 발코니 난간에 걸어놓은 젖은 옷가지와 수영복, 소피의

163

어깨에 선크림을 발라주는 캘럼의 손, 리조트에 놀러 온 청년들의 음담과 스킨십을 모른 체하며 호기심을 키워가는 소피의 눈빛, 그 사이 어딘가에. 여름휴가는 그저 평범하게 흘러가는데 소피가 잠시 비운 호텔방에서 혼자 있던 캘럼이 운다. 등을 돌리고. 어두운 방 안을 떠도는 흰 달빛⋯⋯ 캘럼의 넓은 등을 비춘다.

갑자기 왜? 혹자는 의문을 가질 수 있다. 휴가에 특별한 문제는 없다. 소피는 너무너무 사랑스러운 아이다(도대체 이런 배우는 어디에서 데려오는 것일까). 아빠가 준비한 여행이 다소 허술해도 아빠와 "같은 태양"을 바라보는 이 시간이 즐겁다. 수시로 캠코더를 들이밀며 익살을 부리는 천진함과, 아빠의 주머니 사정을 헤아리는 사려 깊은 마음을 다 갖고 있다. 함께 살지 않는 부녀 사이에 미묘한 긴장감이 흐를 땐 소피도 캘럼도 간혹 피곤한 기색을 내비치긴 하지만, 여행지에서의 불안정한 바이오리듬이 일으키는 약간의 흔들림 정도다.

그러나 캘럼은 운다. 소피가 없는 밤에, 아아아아. 그것은 더는 견디기 어렵다고 느끼는 이의 울음이다.

더는 견디기 어렵다고 느끼는 사람에게서 터지는 울음. 영화는 많은 것을 생략하지만 그 울음을 보여줌으로써 많은 것을 말한다. 이를테면 튀르키예의 눈부신 태양으로도 데워지지 않는 마음의 빙하 같은 것. 명상으로도 태극권으로도 다스릴 수 없는 젊음의 현기증 같은 것. 너무 많이 남아 곤란한 삶 같은 것. 쏟아지는 삶 앞에 한없이 작아지는 자신을 목격하는 초라함 같은 것.

하지만 사랑하는 딸이 "같은 태양" 아래 있는 것. 아빠의 생일을 축하하기 위해 바닷가의 사람들과 미리 귓속말로 약속한 노래를 불러주는 것. 그 다정함에 저항할 수 없는 것. 삶을 저버리고 싶은 마음과 지탱하고 싶은 마음의 무게가 결국 어느 쪽으로도 기울지 않을 만큼 똑같아서, 호텔방 발코니의 난간 위에 두 팔을 벌리고 서 있는 것.

그중에서 어른이 된 소피의 기억에 무엇이 남아 있고 무엇이 가려져 있는지조차 영화는 명확히 말해주지 않지만.

우리가 사랑한 사람이 혼자 울던 밤을, 우리는 아주 오랜 시간이 흐른 뒤에야 알아챈다는 사실엔 변함이 없다. 그것을 누구는 성장이라 부르던가. 누구는 삶이라 부르던가.

캠코더에 남아 있는 마지막 화면. 배경은 공항이다. 캘럼은 엄마에게로 돌아가는 소피를 배웅한다. 환하게 웃으며 손 흔드는 소피. 소피가 사라질 때까지 캠코더를 놓지 않는 캘럼. 소피가 떠나고 캘럼은 사방이 하얗게 칠해진 다소 비현실적인 공간을 지나 문을 열고 사라진다. '영화적으로는' 딸과의 여행을 마친 그가 곧이어 삶이라는 여행을 마쳤다고 보기에 무리가 없는 연출이다. 그 장면을 위한 이른 바 빌드업이 없었다고 할 수도 없다. 하지만 나는 그렇게 믿고 싶지 않다. 그건 견디기 어려울 만큼 슬픈 결말이기 때문에. 더는 견디기 어렵다고 느끼는 사람에게서 터지는 울음을, 나는 이제 울고 싶지 않다.

고독한 미식가

이른바 맛집이라는 곳에 홀로 와서 식사하는 사람들을 좋아한다. 좋아한다고 해서 말을 걸거나 친교를 희망하는 것은 물론 아니고 그저 그들을 조용히 인식할 때의 기쁨이 있다. 얼마 전 B와 함께 간 일식당에서도 그랬다. 집에서 멀지 않은 골목에 위치한 그곳은 늘 대기 줄이 길게 늘어서 있어 쉽게 갈 엄두를 내지 못했는데, 그날은 B의 확고한 의사 표명 덕에 작심하고 줄을 섰다.

입구 옆에 놓인 너덧 개의 작은 스툴에 곧 입장할 사람들이 앉아 있었고 그 옆으로 또 너덧 명쯤 되는 사람들이 서서 차례를 기다렸다. 둘씩, 셋씩 짝지어 맛있는 식사를 할 기대에 부푼 사람들. 조곤조곤 오가는 말소리. 그 사이에 어깨를 둥글게 말고 선, 일행 없는 남자가 있었다. 청년이라 하기도 중년이라 하기도 애매한 남자는 화려하지도 궁색하지도 않은 차림으로 자기 앞의 줄이 짧아지는 만큼 앞으로 나아갔다.

나는 기본으로 먹을래.

메뉴를 살펴본 B가 말했다. 카이센동을 파는 그곳의 메뉴는 기본 1만 5000원부터 게살이나 성게알 등이 추가되면 2만 9000원까지 가격이 올라갔다. 모처럼 약속을 잡고 나온 친구들이나 데이트하는 연인이 지불하기에 어려운 돈은 아니겠지만 혼자 한 끼 때우기 위해서라면, 글쎄. 나는 근처에서 왔는지 멀리서 왔는지조차 가늠되지 않는 저 평범한 남자가 무얼 주문할지 궁금했다.

바 테이블만 있는 깔끔한 내부. 메뉴가 나오기 전에 땅콩소스를 곁들인 참치회 세 점과 작은 두부튀김이 먼저 나왔다. 생각지 못한 식전 요리에 회를 좋아하는 B는 작게 환호했다. 참치회는 부드럽고 신선했으며 두부튀김은 고소하고 담백했다. 애피타이저를 주는 식당에 대한 기대감은 커지게 마련이다. 게다가 생수가 아닌 보리차. 보리차가 마련된 곳에서만 느낄 수 있는 성의와 건전함.

B와 내가 주문한 기본 메뉴는 흰밥 위에, 잘게 다진 오징어, 소라, 조개, 문어, 청어알, 참치 뱃살, 연어알, 생새우, 오이, 파 반죽이 동그랗게 올라간 것. 소스는 가장자리에 둘러 뿌려주시고 밥은 섞지 말고 조금씩 떠서 드세요. 우리는 셰프가 하라는 대로 했고, 남자는 거기에 성게알을 추가하고 하이볼을 시켰다. 2만 2000원 더하기 8000원, 총 3만 원.

우리가 먹은 2인분어치와 꼭 같은 가격. 어느 주말 저녁 오로지 자기 자신을 위해 보리차와 애피타이저가 나오는 일식당에 가서 줄을 서고 우니동과 술 한 잔을 주문하는 사람에 대해 나는 상상하며 밥을 먹었다.

그는 일정한 수입이 있고 고정비 지출에 지나치게 부대끼지 않아 한 끼 외식에 이따금 3만 원 정도를 지불할 수 있다. 혼자 먹는 밥을 무안해하지 않고 만족할 만한 끼니를 위해서라면 혼자 줄을 설 수도 있는 사람이다. 우니동에 소스를 둥글게 뿌려 밥은 뒤섞지 않고 조금씩 떠먹는 사람이다. 그러니까 그는 어떤 날의 식사를 가벼이 여기지 않는 사람이다. 식사를 가벼이 여기지 않는 사람의 식사는 보통 수준보다 정갈하고 맛있을 수밖에. 그는 우리 건너편에서 이 식당의 품질을 스스로 보증하고 있었다.

밥은 다 드시지 마시고 서너 숟갈 남겨주세요. 분주하게 요리하던 셰프가 우리 쪽을 쳐다보며 말했다. 무슨 말인지 몰라 잠깐 어리둥절한 내게 보여주듯, 남자는 꼭 서너 숟갈 남긴 밥의 그릇을 셰프 쪽으로 소리 없이 올려놓았다. 셰프는 그릇을 받아 주전자에 담긴 뜨끈한 물을 부어 오차즈케 비슷한 걸 만들었다. 도미 육수라고 했다. 혹시 밥이 더 필요하신가요? 남자는 아니요, 말했다. 이 식당에서 남자의 입을 통해 나온 유일한 언어였다. 남자는 따뜻해진 그릇을 두 손으로 건네받고는 사실상 두 번째 식사를 시작했다. 우리도 그렇게 했다.

후식도 있었다. 해산물로 조금 텁텁해진 입안을 정돈해 주는, 작은 직사각형 모양의 녹차 푸딩. 깊고 산뜻했다. 동행 없이, 오직 식사에만 집중하되 단정하고 세련된 태도를 잃지 않는 사람처럼. 남자도 물론 디저트를 즐겼다. 계속 그랬듯, 느리지도 빠르지도 않게. 익숙하게.

4부

사랑의 얼굴

개구리 놀이터

    집 앞에 놀이터가 있다. 미끄럼틀과 그네, 흔들목마 몇 개가 놓여 있는 작은 놀이터다. 그곳을 이용할 나이는 아주 오래전에 지났고 지금 내게 아이가 있는 것도 아니지만 놀이터를 좋아한다. 알록달록 칠해진 놀이기구 사이로 얼룩 덜룩 옷을 더럽힌 아이들이 뛰노는 모습을 좋아한다. 이 세상에 오로지 노는 일에 할애된 공간이 있고, 그곳에서는 오로지 노는 일 외에 다른 건 하지 않는 존재들이 있다는 게 좋다. 내가 어릴 적 보았던 수많은 풍경이 지금은 사라졌지만 놀이터만큼은 한결같이, 이 땅에 새로 도착한 인생들의 한때를 보듬고 있다는 사실도 마음을 녹인다.

    노는 게 하루의 가장 중요한 일과인 시절, 매일 똑같이 놀아도 지루하지 않은 시절, 노는 데 죄책감 없는 시절이 거기 있다. 어린 조카 온이에게 소원을 물었더니 "놀이터에서 백 시간 노는 것"이라는 답이 돌아왔다. 누가 들으면 놀이터를 못 가게 한 줄 알겠지만…… 온이는 누구보다 놀이터에서 많은 시간을 보내는 아이다. 아무리 놀아도 그게 백 시간보다는 적어 아쉽고 분한 마음. 이모 집에 와서도 놀이 터부터 찾는다. 온이의 손을 잡고 집 앞 놀이터로 향했다. 자기 동네 놀이터보다 크기가 작아 실망하는 눈치였다가 슬금슬금 그네에 다가가 폴짝 올라탄다. 아이의 작은 몸을 실은 그네가 커다란 반원을 그린다. 단발머리가 바람에 나풀대고 얼굴에서 미소가 비어져 나온다. 점점 높이 치솟는 그네를 보고 있자니 나는 마음이 조마조마하지만 아이는 아랑곳없이 세차게 발을 구른다.

온이 혼자 놀던 놀이터에 아이들이 모이기 시작했다. 빨간색 티셔츠를 입은 여자아이가 온이에게 다가가 말을 건다. "언니, 나랑 같이 놀래?" 눈썹이 짙고 키는 온이보다 한 뼘쯤 작은 아이. 얼굴에 조바심이 없다. 타인으로부터 거절당해 보지 않은 사람의 순하고 천연한 눈빛. 둘은 통성명도 없이 나란히 달려간다. 원통 형태의 미끄럼틀 속으로 새처럼 사라졌다가 몸을 꼭 붙인 채 쪼르르 빠져나온다. 같이 논다는 건 미끄럼틀 위에서 함께 낙하하는 일. 착지한 뒤에 함께 신발을 벗고 양말도 벗는 일. "양말은 왜 벗는 거야……?" 온이의 엄마에게 물었다. "몰라, 나도……." 애 엄마는 나뒹구는 신발과 양말을 주워 온다.

눈썹 짙은 아이와 온이는 흔들목마로 갔다가 그네로

갔다가 다시 미끄럼틀로 갔다가, 오후의 해가 아파트 숲 뒤로 넘어가는 것도 모르고, 늦가을 저녁 바람에 손등이 까칠해지는 것도 모르고, 홀린 듯 취한 듯 놀이터를 누빈다. 열기에 달뜬 아이들과 달리 몸을 쓰지 않은 어른들은 한기를 느낀다. 이제 그만 집에 가자 부르니 온이가 눈동자를 빛내며 말한다. "동생을 집에 초대해도 돼요?" '초대'는 온이가 가장 좋아하는 단어 중 하나다. "여긴 이모 집인데 어디로 초대하겠다고?" "이모 집으로요." 내 팔을 붙잡은 온이 옆에서 눈썹 짙은 아이가 기대에 찬 표정으로 나를 올려다본다. 온이 엄마가 깔깔대며 온이를 나무란다. "너도 이모 집에 초대받아서 온 거잖아. 손님인 네가 또 다른 사람을 초대한다고?"

놀이터에 완전한 어둠이 깔렸지만 집에 갈 생각 없는 아이들이 별처럼 재잘대고 있었다. 나는 온이에게, 초대는 네가 주인일 때 하는 거라고 말해주지만 어쩐지 궁색하다. 놀이터의 세계에 그런 룰은 존재하지 않을 것이다. 눈썹 짙은 아이와 온이는 작별의 운명 앞에서 입을 삐죽거린다. 나는 저 아이들이 헤어지면서 뭐라고 인사를 나눌지 궁금해진다. 이름도 나이도 주소도 연락처도 모르는 사이. 그러나 함께 엉덩이를 붙이고 그네 탄 사이. 미끄럼틀 위에서 낙하를 꾀한 사이. 맨발로 목마에 올라 열 셀 때까지 내리지 않기로 약속했던 사이. 그러나 이 놀이터를 떠나면, 다시 마주치기는 어려울 사이.

제 엄마의 손에 붙들려 신발을 신고 외투를 입는, 아무래도 기세가 한풀 꺾인 온이에게 눈썹 짙은 아이가 손을 흔들며 소리친다.

"언니! 내일도 개구리 놀이터에서 만나!"

나는 처음으로 놀이터의 이름을 듣는다.

설날 본가에 갔더니 아래와 같은 음식들이 나왔다.

육개장

잡채

불고기

떡만둣국

양념게장

시금치나물무침

고사리나물무침

무생채무침

새우전

버섯전

콩전

도토리묵

나박김치

수정과

　이번엔 '간단히' 하겠다던 엄마의 상차림. 나는 일주일
전부터 매일 카톡을 보냈다. 엄마, 음식 많이 하지 마. 알았
어. 엄마, 벌써 음식 하는 거 아니지? 안 해. 엄마, 떡국은 내
가 가서 끓일게. 그래. 엄마, 모 해? 방에서 쉬고 있어.
　"방에서 쉰다며……."
　"LA갈비 안 했잖아."
　엄마가 말하며 웃는다. LA갈비를 안 해서 '간단'해진
밥상 위에 우리는 숟가락을 얹는다. 모든 게 너무 맛있고,
이 모든 걸 사실은 내가 언제나 그리워했다는 걸 깨닫는다.
하지만. 하루 왔다 갈 자식들을 위해 썰고 다듬고 재우고
무치고 데치고 부치고 굽고 볶고 쑤고 끓이고 담그고……
하는 마음이 어떤 것인지, 그 마음을 언제나 받아도 되는지,
받지 않는다면 어떤 대안이 있는지, 그 대안이 과연 엄마를
더 편안하게 할 것인지 나는 아는 게 하나도 없다.
　옛말에 알지 못하는 자가 설거지를 하라 했다. 나는 설
거지를 한다. 설거지는 되돌리는 일이다. 있던 걸 없던 것으
로 만드는 일. 먹었는데 안 먹은 상태로. 썼는데 안 쓴 상태
로. 그런 일에는 약간 자신이 있다. 쓰레기도 잘 비우고, 환
기도 잘하고, 청소나 정리 정돈도 미루지 않는 편이다. 내가

못하는 건 없던 걸 있게 하는 일이다. 없던 육개장, 없던 잡채, 없던 도토리묵을 있게 하는 일. 그런 면에서 엄마는 나의 영원한 마술사. 심지어, 없던 나를 있게 했다! 40년 전에! 지금 경기도 파주시의 한 가정집 주방에서 40분째 설거지하고 있는 나 자신이 이를 증명한다! (나는 그 누구도 있게하지 못했는데, 수십 년 후 설날에 우리 집 설거지는 누가 해주나.)

누군가 윷을 가져왔다. 일사불란 편을 가르고 말의 색깔을 정하고 게임이 시작된다. 도와 개와 걸의 발자국이 총총 지나가고 윷이나 모를 던진 이에게 환호가 쏟아진다. 앞서고, 쫓고, 잡고, 잡히고, 처음으로 돌아가고, 희비가 엇갈리고, 잘못된 선택에 가슴을 치고, 신의 가호에 가슴을 쓸어내리고, 그러나 새옹지마이고, 우당탕탕의 순간이 뒤섞이고, 누군가 이기고, 누군가 진다. 시간이 훌쩍 흘러간다. 우리는 한마음 되어 윷놀이의 소중함을 느낀다. 윷놀이가 없다면 우리는 무엇으로 명절 연휴의 기나긴 화목을 견딜 것인가. 윷놀이가 없다면 우리를 성실히 할퀴고 지나간 그간의 역경을 서로에게 들키지 않으려 우리는 얼마나 많은 헛웃음과 헛소리를 반복할 것인가. 벼락 같은 질문과 동굴 같은 침묵에 어떻게 대처할 것인가, 윷놀이가 없다면.

우리 집안에 비혼은 한 명뿐이고 그는 여덟 살이라 그

누구도 '언제 결혼할 거냐'와 같은 물음을 던지지 않지만.

문득 놀란다. 이게 무슨 냄새지. 정신을 차려보니 된장 향이 가득한데 뉘엿뉘엿 해가 넘어가고 있다.

"냉이된장국 끓였어. 밥 한 숟갈씩만 말아 먹어."

탄식이 잇따른다. 모두가 아까 너무 많이 먹었으므로 모두가 저녁 생각이 없다.

아이구,

저는 못 먹겠어요,

나도,

아직도 배불러,

한 숟갈도 못 먹겠어,

아까 밥을 그렇게 많이 먹었는데,

저녁은 건너뛰죠,

아이구, 아이구,

돌림노래처럼 저녁 거부 운동이 물결치는데 여덟 살 아이가 갑자기 빽 소리 지른다.

"아악. 할머니 불쌍해. 나는 먹을래!"

배가 동그랗게 솟아오른 가족들이 와하하하 웃는다.

하지만 저녁 안 먹겠다는 사람치고 저녁 안 먹는 사람 없다더니. 몇몇이 슬금슬금 밥상 앞을 기웃대더니, 국만 조금 맛보겠다더니, 맥주를 꺼내더니, 위스키가 나오더니, 이

거 귀한 거라더니, 땅콩과 떡이 나오더니, 식혜가 나오더니, 먹다 남은 나물 반찬이 나오더니, 방울토마토와 오이가 나오더니, 아이스크림이 나오더니…… 정체를 알 수 없게 된 식탁 앞에 모두가 모여 있다. 세대도 성별도 취향도 가치관도 꿈도 희망도 욕망도 불만도 다 다른 사람들이 모여 있다. 공유한 역사를 서로 다르게 적어온 사람들이. 깊은 오해와 실망의 협곡을 건너온 사람들이. 지나친 눈물을 주고받은 사람들이. 하지만 서로의 안녕을 누구보다 간절히 빌며, 그중 일부는 이 가운데 일부와 자신의 목숨을 맞바꿀 수도 있다고 믿는 사람들이.

밤이 흐르고 위스키가 흐르고 대화가 흐른다. 누구도 거짓말을 하지 않지만 누구도 진실을 다 말하지 않는다. 가족이란 자신의 목숨을 내어줄지언정 100퍼센트의 진실을 버텨낼 순 없는 사람들이므로. 각자의 삶이 진실의 일부를 감추어준 대가로,

대화가 흐른다.

술을 더 마실 사람들을 거실에 두고 나는 이를 닦으러 간다. 낡고 추운 화장실. 칫솔을 물고 핸드폰을 열어 '화장실 리모델링' '욕실 수리 비용' 등등을 검색한다. 돈은 제가 낼 테니 이번에 화장실 싹 수리하세요, 말했을 때 아이구 니가 무슨 돈이 있다구, 같은 말을 듣지 않는 딸이 되고 싶

었는데. "쟤 돈은 너무 미안해하지 않고 써도 되지"에서 '쟤'가 되고 싶었는데. 나는 소원을 삼키고 후회를 헹궈 뱉는다.

늦은 밤 정전이 되었다. 침대에 엎드려 무의미한 쇼츠 영상을 백 개째 보는 중이었다. 방에 불이 갑자기 꺼졌으므로 정전인 걸 알았다. 나는 핸드폰 불빛에 의지해 B의 방으로 가 노크했다. "B, 자?" "아니, 왜." "전기가 나간 것 같아." B가 문을 열고 나왔다. 우리는 거실 커튼을 젖히고 밖을 내다봤다. 다른 집들도 모든 불이 꺼져 있었다. 전기가 끊긴 것 외에 다른 일은 없어 보였다.

우리는 함께 앉아 기다렸다.

"......"
"......"

시간이 흘렀다.

"바로 복구를 못 하나 보네."

"냉장고 괜찮겠지?"

"겨울인데 뭐."

"관리비를 얼마나 많이 내는데 이런 것도 바로 못 고쳐."

"전화를 해볼까?"

"어디에?"

"관리사무소에."

"복구하고 있다고 하겠지. 더 들을 말도 없잖아."

"그건 그래."

'……'의 상태가 이어졌다.

사실 이미 밤이 늦었으니 그냥 잠을 자도 되었다. 불 꺼진 집들 가운데 많은 사람들이 실제로 정전이 된 것을 모르고 잠들어 있을 것이었다. 자다 보면 아침이 밝을 것이고 그 사이 전기는 들어와 있을 가능성이 높다. 아무 일도 일어나지 않았고 아무 일 없이 하루가 시작될 것이다. 그런데 B와 나는 기다렸다. '……'의 상태로. 우리는 이미 상실의 감각을 알았으므로 잃어버린 것을 찾아야 했다.

나는 한 소년을 떠올렸다.

이름은 프랭크. 고등학생이다. 그는 학교 선생님들을 별로 좋아하지 않는다. 선생들은 언제나 그를 설득한다. 이 책, 혹은 저 책을 읽으면 넌 분명히 마음을 빼앗기게 될 거라고. 사랑에 빠질 것이며 너 자신을 찾을 수 있을 거라고. 프랭크는 자신의 마음을 조금도 빼앗길 생각이 없으며 사랑에 빠지고 싶지도, 자신을 찾고 싶지도 않다. 그는 지금 그대로의 자신, 마음, 모든 게 제자리에 있다고 느낀다. 도대체 "뭐 때문에 이 난리인지" 알 수가 없다.

영어 과목을 가르치는 파케트 선생이 헌신적인 자세로 그에게 제안한다. 부족한 점수를 채울 수 있는 과제를 주겠다고. 프랭크는 당연히 관심이 없다. 프랭크의 관점에서 세상 만물은 존재하거나 존재하지 않거나 둘 중 하나다. 즉, 자신의 모자란 점수는 (파케트 선생의 생각처럼) 잃어버린 게 아니라 그냥 존재하지 않을 뿐이다. 존재하지 않는 것을 찾는다는 것은 말이 되지 않는다. 파케트 선생에게 있으나 프랭크에겐 없는 것, 그것은 "상실의 감각"이다.

파케트 선생이 프랭크에게 주려고 하는 과제는 허먼 멜빌의 〈필경사 바틀비〉를 읽고 독후감을 쓰는 것이다. 독후감을 쓰기만 하면 프랭크는 점수를 메꿀 수 있다. 프랭크는 선생에게 대답한다. "안 하는 편을 택하겠습니다." 프랭크는 방금 자신이 한 말이 바로 〈필경사 바틀비〉의 그 유명한 문장이라는 것을 당연히 알지 못한다. 하지만 그 말을 들은 파케트 선생은 ("그게 바로……!") 더욱 흥분해서 프랭크를 더 열정적으로 설득하려 한다. 프랭크는 다시 "안 하는 편을 택하겠습니다"라고 말한 뒤 교실을 나간다.

홀로 남은 파케트 선생은 깊은 상실감에 젖는다. 프랭크와, 허먼 멜빌과, 바틀비와, 문학에 대해. 자신의 인생에서 잃어버린 모든 것들에 대해.

한편 집으로 돌아가는 프랭크에겐 모자람이 없다. 그는 자신이 원하는 것을 했다. 햇빛 속에서, 그는 길 위의 벌레를 주워 주머니에 넣는다.

미국의 시인이며 에세이스트인 메리 루플의 산문*에 나오는 이야기다.

"……."
"……."

우리가 잃은 것은 여전히 돌아오지 않았다. 먼저 도착한 건 소방차였다. 깜빡깜빡 불을 밝히는 소방차 두 대가 단지 입구로 들어서고 있었다. 하지만 자세히 보니 소방차

---

* 메리 루플, 《나의 사유 재산》(박현주 옮김, 카라칼), 2021년.

와 비슷하지만 소방차가 아닌, 처음 보는 차였다. 우리는 그 차들이 전기를 공급해 주러 온 것이라고 확신했다.

"돌아보면 어릴 때는 정전이 잦았는데."

"집에 초가 몇 개씩 있었지."

"정전됐을 때 엄마가 초를 꺼내 불을 붙여주면 그 옆에서 숙제도 하고 밥도 먹었어."

"조금 신나는 기분이었던 것도 같아."

시간이 더 흘러갔다.

"……."

"……."

띠딕, 소리와 함께 내가 있던 방에 불이 켜졌다. 우리는 벌떡 일어나 집 안 여기저기 불을 켜봤다. 모두 잘 켜졌다.

"이제 자자."

우리는 모든 불을 끄고, 잤다.

"왜 10년마다 지랄들이지." 친구는 말했다. '서른'에, '마흔'에, '오십'에 반드시 알아야 할 것들이 있다고 목청 높이는 마케팅들을 보다가. 한 인터넷 서점에서 제목에 마흔이 들어가는 도서를 검색하면 998개가 나온다. 서른은, 무려 4543개다. 도합 5500여 개의 제목을 만들어낸 출판편집자들의 마음을 나는 잘 안다.

친구에게 말했다. "그거야 우리가 10년마다 지랄을 하니까⋯⋯." 반은 맞고 반은 틀린 대답. 우리가 10년 주기뿐 아니라 다른 때도 늘 한결같이 지랄을 한다는 면에서는 틀리고, 10년 주기가 돌아오면 각별히 더 지랄한다는 면에서는 맞다. 제 나이를 납득할 수 있는 인간은 드물다. 특히 앞자리가 바뀐 자신의 나이를.

나는 한번 마흔이 되었다가 정부가 만 나이 통일법을 시행하면서 다시 30대로 돌아(?)가나 싶더니 이제 만으로도 명백히 40년 꽉 채운 나이가 됐다. 마흔으로 사는 동안 여지없이 지랄했다. 마흔이 되었다고 해서 없던 평정심이 당연히 솟아나지 않았다. 오히려 인생에 대한 위치감각이랄까, 지나온 삶과 앞으로의 삶을 조망하고 가늠하는 시야가 널뛰기했다. 어떤 날에는 모든 게 너무 늦었다 싶다가, 또 어떤 날에는 모든 게 너무 많이 남아 있어 아찔했다. 이런 말을 입 밖에 내면 양쪽에서 실소가 나올 수 있다.

1. 마흔 같은 건 아직 생각할 겨를 없는 청춘의 입장: 마흔이면 사회적인 위치도 파워도 있을 나이인데 아직도 갈 길이 멀다 하면 너무 욕심 아닌가?

2. 마흔이 언제였는지 잘 기억도 안 나는 노년의 입장: 머리에 피도 안 마른⋯⋯⋯⋯⋯⋯.

어느 쪽에도 항변할 생각은 없다. 마흔이란 누군가에 겐 너무 많고 또 누군가에겐 너무 적은 나이일 것이다. 지금 찾아보니 서기 2024년 기준 대한민국 중위연령이 46세다. 통계상으로 아직 절반을 못 갔으니 그래도 젊은 편이라 할 수 있으려나. 하지만 마흔으로 살면서 나에게 선명해진 것은 (늙었다고는 할 수 없을지 몰라도) 더 이상 젊지 않다는 감각이다. 100세 시대? 나이 든 채로 오래 사는 것이다. 영포티? 포티가 정말 영young하다면 그런 말 자체가 안 생겼겠지. 앞으로 무엇을 얼마나 더 할 수 있고 없고를 떠나, 남은 인생이 얼마나 되는지를 떠나, 나는 어쨌든 내가 이제 젊지 않다고 느낀다. 그러므로 '젊지 않은 사람'으로서 느끼는 것들에 관심을 갖게 된다. 이를테면.

최근에 나를 크게 울린 말. 길지 않으니 그대로 옮긴다.

"혹시 머리를 땋아본 적 있어요? 세 갈래로 머리를 땋을 때 정말 골고루 땋기 힘들다? 어떤 때는 머리가 한 움큼 쥐어지고 어떤 때는 요만큼 쥐어지지. 그래서 머리가 되게 삐뚤빼뚤한데…… 그래도 땋아놓으면 '머리'야! 그게 인생인 것 같아요."

책에서 읽은 말이 아니다. 나의 젊음이 신뢰해 온 수많은 문학가, 철학자, 사상가들의 목소리에서 발견한 말이 아니다. 이른바 스타 강사, 대중 강연으로 인기 높은 분의 강연 중에 나온 말이었다.* 솔직해지자. 충분히 젊었던 과거의 나는 '그런' 강연에 눈길조차 주지 않았었다. 자기 계발, 동기부여라는 이름으로 개인의 다양성을 획일화한다거나…… 개천에서 용 난다는 식의 성공 신화를 앞세워 사회의 구조를 가린다거나…… 꺼낼 수 있는 비판, 좋아하지 않

---

* 김미경 강사다. 해당 부분은 유튜브 채널 'MKTV 김미경TV'에서 볼 수 있다. '내가 너무 슬픈 선택은 하면 안돼요'.

을 이유는 얼마든지 있었으니까. 한 사람의 스피치 한두 시간에 수많은 청중이 쉽게(?) 울고 웃다가 힐링(그 지긋지긋한 단어!)을 얻고 돌아간다는 자체가 마음에 들지 않았으니까.

그런데 마흔의 어느 날, 나는 간절히 위로를 얻고 싶었고 그 위로를 책에서 구하고 싶지 않았다. 영화나 음악이나 그림에서도 구하기 싫었다. 그럴 힘이 없었다. 수많은 청중 가운데 하나가 되어 내게 위로를 건네줄 사람을 기다리고 싶었고 그런 위로가 힐링이라면 그걸 힐링이라고 불러도 상관없었다. 힐링을 원하는 나의 마음에 판관을 세우고 싶지 않았고 다만 힐링으로써 마음에 링거를 놓고 싶었다. 그런 날이 있었다. 그런 날도 있었다.

결국 힐링을 받았다. 삐뚤빼뚤해도, 그게 머리가 아닌 것은 아니라는 강사의 말은 주저앉으려는 마음을 분명히 일으켰다. 인생의 절반쯤에서 올바른 길을 잃고 어두운 숲을 헤맸다는 단테의 말을 이미 알고 있었지만, 마흔의 나는, 때로 올바르지 않은 길 위에 있더라도 그게 삶이 아닌 것은 아니라는 의견을 덧붙일 수 있게 되었다.

고르지 않아도 땋으면 땋아진다.

삐뚤빼뚤해도 땋아놓으면 머리다.

시처럼 음악처럼 마음속에 품게 된 말. 하지만 시와 음악에서 얻지 않은 말. 스타 강사로부터 구한 말.

그런 일이 있었다. 그런 일도 있었다.

더 이상 젊지 않은 마흔에.

이름을 닮은 사람

"너의 이름으로 나를 불러줘."

티모시 샬라메가 왜 '지구 1등'인지(또는 어떻게 지구 1등이 되었는지)를 보여줬던 한 영화의 제목. 영화 속 연인은 처음으로 서로를 안던 밤에 자신의 이름으로 상대를 부른다. 나이가 조금 더 많은 올리버가 엘리오에게 먼저 제안했다. Call me by your name and I'll call you by mine. 이어서 어두운 침대 위를 맴도는 두 이름. 엘리오, 올리버, 엘리오, 올리버, 엘리오, 올리버. 드러내지 못했던 마음이 확인되고, 간절했던 몸이 만져지고, 둘을 제외한 세상이 오래오래 잠든다.

누군가의 이름을 부르는 것은 언제나 귀한 일이라고 생각해 왔지만 나의 이름으로써 사랑하는 사람을 호명할 수 있다는 생각은 미처 해보지 못했다. 네가 나이길 바라는 마음, 내가 너이길 바라는 마음은 사랑의 기초인데도. 내가 너의 이름을 갖는 순간 나는 완전하다. 나는 내가 아는 모든 사람 중 가장 선하고 아름다우므로. 너에게 내 이름을 붙이는 순간 너는 떠나지 않는다. 이별이 성립할 수 없으므로. 롤랑 바르트는 (누군가를 절실히) 사랑하는 사람만이 느끼는 '특별한 추위'가 있다고 했는데 내가 너로, 네가 나로 불리는 한 우리는 춥지 않다. 사랑은 일치했고 완성되었다. 하나다.

　사랑의 얼굴들을 떠올리며 내 이름을 발음해 보았다. 소리 내는 순간 바로 거두었다. 이거 쉬운 게 아니구나. 나를 긍정해야 할 수 있는 일이구나. 내가 평생 '이윤주'에 가두어온 겹겹의 미움이 호명을 방해한다. 미움이 다 부서지고 나서야 너를, 또는 나를 부를 수 있겠다.

　미움이 잘 부서지지 않을 때 떠올리는 이미지가 있다.

　낡고 좁은 방에 엎드려 있는 서른 살의 아빠. 그가 보고 있는 것은 옥편이다. 그는 갓 태어난 첫딸의 이름을 짓고 있다. 수많은 한자들을 살피고 골라 이리저리 조합하는 중이다. 벌써 며칠째인지 모른다. 옥편의 모서리가 닳아지고 노트에 이름들이 쌓여간다. 윤희, 윤미, 윤경, 윤정, 윤지…… 은주, 연주, 영주, 현주, 혜주……. 이 이야기를 내게 들려준 사람은 엄마다. 도대체 며칠을 그렇게 엎드려 있었는지 몰라. 내가 방에 들어갈 때마다 꼼짝 않고 그러고 있더라니까. 아빠는 윤주, 를 마지막으로 옥편을 덮었다. 윤주, 를 짓고서야 큰 숨을 몰아쉬었을 그가 윤주, 에 불어넣은 마음, 엎드린 마음, 두루두루 빛나게 살기를 바라는 마음을 떠올린다. 나에 대한 미움이 잘 부서지지 않을 때.

지금 내 모습이 어떠하든 그것에 대해서는 그만 생각하고 아직 오지 않은 날들에 이름대로, 이름만큼 살아야겠다고 생각한다.

사람이 자신의 이름과 닮아가는 현상에 대한 연구 결과를 읽은 적이 있다. 내가 기억하는 부분은 매우 단순하다. 참가자들에게 한 사람의 얼굴(물론 성인이다)과 그의 실명이 포함된 네 개의 이름을 보여준 뒤 어느 것이 진짜 이름일 것 같은지 고르게 한 것이다. 실명을 뺀 나머지는 임의로 뽑은 이름들. 실험 결과 진짜 이름을 맞힌 확률이 4분의 1을 유의미하게 상회했다. 평생 불려온 이름이 그 사람의 얼굴(이라는 하나의 태도랄까 표정이랄까 경향이랄까)에 영향을 준다는 것인데. 얼마나 근거가 있는 연구인지는 모르겠다.

근거가 있든 없든.

내게 애정을 가르쳐준 사람들이 수없이 불러준 나의 이름. 크게, 나직하게, 다급하게, 은은하게. 그 호명이 모이고 쌓여 나의 어딘가를 이루었음을 부정할 수 있을까. 그 호명이 모이고 쌓이는 동안 나는 조금 더 윤주, 쪽으로 이

동해 오지 않았을까. 그래서 나의 미래에 이런 장면이 도착하면 좋지 않을까. 나는 비로소 윤주, 가 아니면 안 되는 사람이 되는 것이다. 그제야 나는 사랑의 얼굴들을 찬찬히 부르는 것이다. 미움 없이. 윤주, 하고.

오래전, 파리에서 인천으로 돌아오는 비행기 안에서 제이를 만났다. 제이는 중학교 동창이었다. 친구였다고 할 수는 없을 것 같다. 동창을 다 친구라고 한다면 몰라도.

"저기…… 윤주 맞지?"

나는 자다 놀라 깼다. 파리가 처음이었고 유럽이 처음이었고 더위를 먹었고 음식은 잘 먹지 못했고 시차가 엉망이었고 짧은 여름휴가를 막 다 써버린 참이었다. 장시간 비행에 편하려고 아무렇게나 입은 옷에 자다 눌린 머리, 당연히 민낯에, 두꺼운 안경……. 무엇보다 입을 벌리고 있었다. 그렇다. 입 벌리고 곯아떨어져 있던 나를 제이는 굳이 깨웠던 것이다.

통로에 서서 나를 내려다보는 제이의 모습에 곧바로 옛 모습이 겹쳤다. 제이는 언제나 눈에 띄는 아이였다. 키가 크고 눈도 크고 피부가 환했다. 길고 가느다란 눈썹은 활처럼 매끄러웠고 깊은 눈매는 화장한 것처럼 또렷했다. 입술은 구슬의 표면처럼 항상 반짝였다. 중학생 시절이 지나간 뒤로 한 번도 그를 떠올릴 일 없었는데 눈앞에서 마주치니 신기할 만큼 기억이 되살아났다. 눈앞의 제이가 여전히 너무 예뻤기 때문이었을지도. 제이는 그 비행기의 승무원이었다.

나를 보고 긴가민가해서 탑승자 명단을 확인했다고 제이는 말했다. "파리는 여행으로?" "어, 어. 여름휴가를……." "많이 더웠지?" "어, 덥더라……." "이게 몇 년 만이니." "어, 그러게……." 제이가 근무 중이었기에 긴 대화를 나누지는 못했다. 대화고 뭐고 나는 아아, 입은 벌리고 있지 않았더라면 좋았을 텐데. 파리발 인천행 비행기에서 승무원 동창을 만날 확률이 얼마나 될까. 나는 (그때나 지금이나) 자주 여행하는 사람이 아니고 비행기를 자주 타는 사람도 아니고 인맥이 넓은 사람도 아닌데.

제이와 내가 같은 반이었던 해, 합창 대회가 열렸다. 소녀들의 맹연습이 이어졌다. 늦은 저녁까지 우리는 불을 밝히고 열심히 노래했다.

산에는 꽃이 피네 꽃이 피네 피네
갈 봄 여름 없이 꽃이 피네
산에 산에 피는 꽃은

저만큼 혼자서 피어 있네
산에서 우는 작은 새야
꽃이 좋아 산에서 사노라네

나는 메조소프라노에, 제이는 소프라노에 있었다. 왜 그렇게까지 열심히 했는지 기억나지 않지만 한 사람도 허투루 해서는 안 되는 분위기가 있었다. 독하기로 소문났던 담임 선생은 "이게 공부보다 중요하다"고 말했다. 악보는 우리의 연습 과정과 향상되는 실력에 맞춰 계속 수정되고 편곡되었다. 그리고 대회를 며칠 앞둔 어느 날. 모두의 고심 끝에 곡의 클라이맥스에 솔로 파트가 생겼다. 독창자는 그야말로 제1의 여인, 프리마돈나가 되는 것이었다. 반 전체가 영혼을 갈아 넣은 합창 대회의 대미를 장식할 단 한 사람, 그 자리에 제이가 선택되었다.

그 무렵 나는 사소한 이유로 체육 선생에게 불려 가 엎드려뻗친 채로 열몇 대를 맞았고 학교를 그만두고 싶다는 생각을 했다.

합창 대회 날, 오전에 과학 시간이 있었다. 수업을 듣는 둥 마는 둥 다들 대회에 정신이 팔려 어수선했다. 모둠을 짜서 무슨 실험을 하는 도중에 제이가 내게 다가왔다.

"나 너무 떨려."

그때도 나는 제이를 올려다봤다. 얘가 왜 갑자기 나한테 와서 이런 말을 하는 거지? 앞서 말했듯, 우린 그냥 같은 반이었지 친구라고 하긴 그랬다. 제이에겐 그처럼 키 크고 선명하고 명랑한 친구들 무리가 있었고 내겐 나같이 작고 희미하고 소극적인 친구 몇이 있었을 뿐이었다.

얼떨떨한 얼굴로 쳐다보고 있는데 제이가 불쑥 내 손을 잡았다. 너무 차가워서 깜짝 놀랐다. 제이도 떠는구나. 왜 제이는 떨지 않을 거라고 생각했을까. 불편한 쾌감과 얇은 연민이 뒤섞였다. 내가 제이를 질투하고 있었음을 알았다. 우리 반의 프리마돈나. 돋보이지 않은 적 없던 그를.

그날 제이의 독창은 성공적이지 못했다. 제이는 너무 긴장한 나머지 속칭 '염소 소리'를 내고 말았다. 우리가 벼르고 별렀던 클라이맥스는 그렇게 흐지부지되었고, 꼭 그 때문만은 아니었겠지만, 우리 반은 수상에 실패했다.

비행기가 파리와 인천의 중간쯤을 날고 있을 때 제이가 또 다가왔다. 과일이 담긴 접시를 들고. 동료들에게 내 이야기를 했다고 말했다. 한 입 크기로 정성스럽게 손질된 과일은 서너 종류였는데 그중 딸기가 있었던 것만 기억난다. 파리에서 사 먹으려다 말았던 게 딸기였다. 몽마르트르로 올라가는 길에 본 과일 가게에 빨갛게 총총히 익은 딸기가 한가득 쌓여 있었다. 하지만 신종플루가 막 번지기 시작하던 중이어서 나는 (전혀 근거 없이) 유럽에서 과일을 사 먹는 게 안전하지 않다고 느꼈다. 나른한 기내의 적막 속에서 나는 나에게만 제공된 딸기를 포크에 찍어 먹었다. 졸고 있던 옆 승객이 깨어나 나를 잠깐 쳐다봤다.

산에는 꽃이 지네 꽃이 지네 지네
갈 봄 여름 없이 여름 없이 꽃이 지네

나는 지금도 합창곡의 메조소프라노 멜로디를 막힘없이 부를 수 있다.

비행기가 인천공항에 도착했다. 열 시간 넘게 이코노미석에서 부대낀 나는 얼른 집에 가서 드러눕고 싶은 생각뿐이었다. 지친 몸과 짐을 끌고 사람들에게 밀려 나가고 있는데 동료들과 함께 입구에 서서 인사하는 제이가 보였다. 제이도 막 만났을 때보다 피곤한 기색이 역력했다. 짧은 헤어짐의 순간, 우리는 말없이 인사를 나눴다. 10대의 어느 날 잠깐 잡았던 손을, 서로가 잘 볼 수 있게 흔들었다.

촛불 같은 이웃

"4월 ○일 오전에 이사합니다. 소음이 발생하더라도 양해해 주시면 감사하겠습니다. 이곳에 사는 동안 즐거웠던 기억을 많이 가지고 갑니다."

공동 현관문에 A4용지가 붙어 있었다. 몇 호인지 쓰여 있지 않았지만 있었더라도 그 집에 누가 사는지 내가 알 리 없다. 나만 그런 건 아닐 것이다. 오늘날의 공동주택이란 빼곡히 모여 살되 철저히 따로 사는 공간이니까. 그런 곳에서 '즐거웠던 기억'을 많이 가지고 떠나는, 그걸 굳이 종이에 프린트해서 붙여놓고 떠나는 사람의 마음. 요즘에 이런 마음을 가진 사람이 이웃에 있었구나. 그걸 그가 떠나는 날에야 알았구나. 외출하는 중이었지만 어쩐지 발길이 떨어지지 않았다. 잠시 망설이다 집으로 올라가 펜을 가지고 다시 내려왔다. 수신인 중 한 사람으로서 짧게나마 응답을 (굳이) 하고 싶었다. "어디서든 건강하고 행복하게 지내시길 바랍니다."

나답지 않은 짓. 누가 볼까 재빨리 가방에 펜을 넣고 자리를 떠났다. 이런 몽글몽글한 행동에 익숙하지 않다. 그런데 이상하게도 그 이웃이 내 답장(!)을 꼭 보면 좋겠다는 마음이 간절했다. 같은 시절, 같은 공간을 살아간 사람들에게 보낸 메시지가 허공에 흩어지지 않았다는 걸 그가 알았으면 했다. 나 좀 외로운 걸까. 혹시 이런 게 나이 드는 걸까. 연결되고 싶은 것. 혼자가 아님을 확인하고 싶은 것.

　아이 없는 부부, 2인 가구로 십수 년째 살아가면서 이따금 노후의 풍경을 상상해 본다. 20년, 30년 뒤에도 옆집이나 위아래 집에 누가 사는지도 모른 채 우리끼리만 먹고 마시고 떠드는 모습을 그려보면 그만큼 동거인이 애틋하기도 하지만 과연 그것으로 충분할지 의심이 드는 것도 사실이다. 나이가 들수록 'Out of sight, Out of mind'라는 말에 공감하게 되는 면도 있다. 가족, 친구라 해도 멀리 살아 자주 못 보면 심적인 거리도 그만큼 멀어지는 걸 막기 어려우니까. 나의 유년 시절만 해도 같은 아파트 사는 이웃이라면 속속들이 알고 지내며 기쁜 일 슬픈 일 함께하는 문화가 있었는데, 그때 엄마가 했던 말이 머릿속을 맴돌기도 한다. "멀리 사는 친척 다섯보다 위층 사는 선영이네 하나가 더 든든해."

　독립적인 생활이 중요하고, 오지랖 넓은 사람을 꺼려

하고, 그 어떤 신명 나는 소통도 그것이 사생활의 일부를 지불해야 얻을 수 있는 것이라면 단호히 거부해 온 나로서는 '좋은 이웃'과 연결되기를 바라는 심경의 변화가 스스로 낯설다. 나이가 가져오는 변화. 혹은 나이가 확인시켜 주는 삶의 진리. 인간은 이어지고 싶어 한다는 것. 이웃이라면 층간소음이나 없으면 다행이라고 생각해 왔던 내가, 일과 후에 함께 맥주 한잔 나눌 수 있는 이웃을 소망하게 되다니.

그 이웃을 편의상 N네라고 해보자. 내가 요리에는 소질이 없으니 N네가 귀한 집밥을 자꾸 나누려고 한다면 좀 부담스러울 것 같다. 함께 맛집에 가거나 배달시켜 먹는 데 거부감이 없기를 바란다. 일했던, 혹은 일하고 있는, 혹은 관심 있는 분야에 대해 흥미로운 이야기를 들려줄 수 있다면 대화가 더욱 즐거울 것이다. 정치적인 지향이 너무 심하게 다른 사람과의 장벽을 허물 만한 에너지는 내게 없으니 어느 정도 비슷한 가치관을 지니고 있다면 좋겠다. 그래서 사회적으로 중요한 이슈가 생겼을 때 'N네는 어떻게 생각할까?' 하는 궁금증이 저절로 일어나면 재밌을 것 같다.

가장 어렵고도 중요한 건 N네와의 거리일 것이다. 시도 때도 없이 연락해서 만나자고 하는 이웃은 곤란하고, 내가 먼저 연락하지 않으면 결코 연락하는 법 없는 이웃은 허망하다. 이쪽에서 한 차례 만남을 제안했다면 다음번엔 저쪽에서, 신경 곤두세우지 않아도 계절처럼 오가는 기별이 자연스러웠으면 좋겠다. 서로 무엇을 좋아하고 싫어하는지, 무엇에 예민하고 무감한지 어느 정도는 알되 숟가락 젓가락이 몇 개인지까지는 몰라도 괜찮다. 때로 말없이 한동안 집을 비운 듯 보이면 여행을 떠났나 보다, 근처에 호수가 있다는 친척 집에 갔나 보다 짐작하면서 크게 걱정하지 않는 사이가 좋다. 그리고 돌아와 여행지에서 있었던 일을 얘기하기 위해 "요 앞에 카레 전문점이 새로 생겼던데 오늘 저녁 어떠세요?" 하고 물어보면 숨김없이 반가워하는 사이가 좋다.

무엇보다 N네가 소중한 건 물리적으로 가까이 있기 때문. 살다가 부딪치는 이런저런 위급한 상황에서 아, 우리에겐 N네가 있지, 떠올릴 수 있다면 든든할 것이다. 물론 그들 입장에서도 '윤주 씨네 부부라면 지금 연락해도 도움을 받을 수 있을 거야' 하고 주저하지 않기를 바란다. 그러기 위해서는 누군가에게 도움받는 걸 지나치게 불편해하는 결벽부터 고쳐야 한다. 인간이 다른 인간에게 비스듬히 기대고, 그 각도가 서로를 지탱할 만큼 균형을 이룰 때 그 사이에서 어떤 인간다움이 피어난다는 믿음이 있어야 한다. 그런 믿음이야말로 인생에 긴요한 촛불과 같다는 걸 이제 조금씩 알아간다.

두 고 온 편 지

가을이 쳐들어온다고 했던 시인이 있었죠. 가을은 왜 그럴까요, 봄은 그렇지 않은데. 아마 한 해의 끝에 가깝기 때문 아닐까 생각해 봤어요. 가을의 달력이란 사람을 소스라치게 하는 데가 있잖아요. 가을이라니. 사계절 중 세 번째라니. 연도가 바뀐 지 얼마 안 된 것 같은데 연말이라니. 곧 크리스마스라니. 눈이라니. 벌판이라니. 또 늙는다니. 미래가 쳐들어온다니. 지독히 근면한 시간의 유속에 문득 어깨를 치이는 거죠. 비틀거리며 황망히 옷깃을 여미는 거죠. 기억의 조각을 주섬주섬 챙기며 두리번거리는 거죠. 방금 뭐가 지나간 거지……?

나는 얼마 전 이사를 했어요. 거처를 옮기며 계절을 함께 건너뛴 기분이에요. 집을 구하러 다닐 때만 해도 온 세상을 녹여버릴 것 같은 폭염이 계속되고 있었는데 새집에 들어와 정신을 차리고 보니 하늘이 부쩍 높아져 있었어요. 보란 듯이 멀어져 있었어요. 떠나온 것들처럼. 떠날 만한 사정이 있었지만, 떠나온 집을 나는 정말 좋아했어요. 공간에 깃든 마음을 떼어내는 일은 애인을 놓아주는 것과 비슷하죠. 집은 나를 잘 알잖아요. 애인처럼. 내가 언제 분주하고 언제 게으른지, 어떻게 눕고 어떻게 일어나는지, 얼마큼 먹고 얼마큼 외로워하는지, 얼마나 오래 시선을 떨구고 얼마나 오래 커튼을 내리는지. 집은 나의 바닥을 보죠. 사람은 보통 밖에서 바닥을 보이진 않으니까요. 내 추락과 방탕, 교만과 아집, 태만과 불결을 집은 다 보았죠. 내 알몸을 아는 애인처럼.

그래서 집을 떠나갈 땐 단호해야 하죠. 더는 붙들 수 없다는 걸 받아들여야 하죠. 지나간 여름을 되돌릴 수 없듯이. 나는 오래된 옷과, 무거운 솜이불과, 다시 읽지 않을 책과, 한 번도 안 쓴 플라스틱 쟁반과, 변색된 이어폰과, 짓무른 립스틱과, 인적 끊긴 편지와, 녹슨 감자 칼을 버렸어요. 당신이 선물해 준 인형과 인형을 포장했던 갈색 리본을 쓰레기통에 넣었던 날처럼요. 이삿짐을 옮겨주러 온 중년의 남자 넷 중 오른팔에 물고기 문신이 있던 이가 말했어요. "꽃짐이네, 꽃짐." 저는 처음 들어보는 단어인데, 간소하고 단출해서 포장과 운반이 쉬운 이삿짐을 그렇게 부르나 보더라고요. 꽃짐. 저는 계절에 못 이겨 떨어진 꽃잎들을 떠올렸어요. 꽃잎 쓸어낸 자리를 둘러보았어요. 모든 벽과 모서리를 드러낸 집은, 놓아준 애인의 발자국처럼 적막했어요. 하지만 바라건대 단호해야 해요. 그 집엔 새 사람들이 들어오고, 당신은 다른 색깔의 리본으로 인형을 포장하겠죠. 계절처럼요. 가을처럼요.

새집은 높은 지대에 위치한 데다 커다란 창문들이 서로 마주 보고 있어 바람이 쉽게 드나들어요. 처음에 멋모르고 모든 창을 다 열어두었다가, 휘몰아치는 바람에 방문이 잇달아 쾅쾅 닫혀 깜짝 놀랐어요. 나는 온라인 상점에서 귀여운 고양이 모양의 도어스토퍼를 주문했어요. 그런데 상품을 받고 보니, 방문과 바닥 사이 틈에 비해 고양이 도어스토퍼는 너무 두꺼워 끼워지지 않았어요. 무용지물이 된 세 개의 도어스토퍼를 나는 서랍장 높은 곳에 넣어버렸어요. 우리가 만난 지 얼마 안 되었을 때, 당신은 내게 머리핀을 선물한 적이 있죠. 나는 머리핀을 꽂지 않는데.

새집 앞엔 버스 노선이 일곱 개쯤 지나다니는 것 같아요. 나는 그중 두 개를 외웠어요. 일곱 개를 다 외울 즈음엔 당신에 대한 기억도 흐릿해지겠죠. 그리고 당신은 새 애인에게 필요한 선물을 잘 고르는 사람이 되어 있을 거예요.

새집의 거실은 서쪽을 향해 있어요. 해 저물 무렵이면 빛이 거실 안쪽까지 길게 들어와 창틀 모양의 음영이 드리워요. 계절이 깊어져 갈수록 빛의 길이는 더 길어진다는데,

태양의 고도가 점점 낮아지기 때문이던가요? 할 줄 아는 거라곤 볕 따라 몸을 데우는 것뿐, 과학 지식에는 언제나 자신이 없어요. 과학을 잘 알면 계절의 변화에 보다 담대할 수 있을까요. 공전하는 지구의 속도를 알면 쳐들어온 가을에 소스라치지 않을 수 있을까요. 떠나고 멀어지는 것들, 버리고 잊히는 것들에 울지 않을 수 있을까요.

그러니 또다시 바라건대 우리의 새 사랑도 따뜻했으면 좋겠어요. 바람은 점점 차가워지고 겨울이 오겠지만. 한겨울에 눈이 내리면 공기가 잠시 포근해지잖아요. 수증기가 얼음이 될 때 열을 방출하기 때문이라고 배웠던 것 같아요. 과학 지식에는 언제나 자신이 없어요. 그래도 겨울이 항상 춥지만은 않다는 걸 알아요.

친구들의 자식 고민을 들을 때 최대한 조심스럽게 반응하려고 노력한다. 아이를 키워보지 않은 입장에서 너무 쉽게 말을 얹는 것처럼 느껴지지 않도록. 조심스러움이 지나쳐 전전긍긍하던 때도 있었는데 요즘은 그렇게까지 하지는 않는다. 안 키워봤으니 모르는 게 당연하고, 모르는 게 당연한 처지에서만 할 수 있는 조언도 있을 테니. 가령 친구가 "어쩜 이렇게 말을 안 들을 수가 있냐" 하면 "너도 엄마 말 안 듣잖아" 한다거나. "쟤가 도대체 왜 저럴까" 하면 "모르지, 우리는 쟤가 아니니까" 한다거나.

최근에는 기어이 건방진 소리를 하고 말았다. 육아라는 것이, 도무지 뜻대로 되는 게 하나도 없다는 하소연을 듣다가 "너 바다에 채찍질하는 왕 같아" 한 것이다. 전쟁을 위해 바다에 수백 척의 배를 엮어 부교를 만들어놨는데, 곧바로 거친 풍랑이 들이닥쳐 다리가 모조리 부서진다. 분노한 왕이 바다에 태형을 선고한다. 저 바다를 채찍으로 매우

쳐라. 바닷물을 300대나 때린, 페르시아제국의 왕 크세르크세스 1세 이야기.

그저 지켜본 바에 의하면 육아에는 분명히 바다처럼, 인력으로 어쩔 수 없는 부분이 많은 것 같다. 그런데 부모가 되면 그 어쩔 수 없음이 잘 용납되지 않는 것 같고. 자신의 아이가 뜻대로, 바라는 대로, 원하는 대로 커주었으면 하는 마음. 그 마음의 '자연스러움'이 얼마나 강력한지 물론 나는 겪어보지 않아 모른다. 하지만 다들 안다. 아이도 하나의 자연인 걸. 보살핌 속에 자라되, 제 뜻과 성질대로 확장하는 자연. 자연을 장악할 수는 없지 않은가. "야 니가 안 키워봐서 그래." 누가 아니랬나. 키워본 적 없고 앞으로도 키울 일 없는 사람으로서 하는 소리 맞다.

친구는 가만있지 않았다. 얼마 뒤 우리 집 싱크대의 어딘가가 고장 나 주방 바닥이 물바다가 된 일이 있었다. 놀란 마음 가라앉히며 대충 수습해 놓고 업체에 연락한 뒤 친구에게 한바탕 하소연했다. 왜 또 내게 이런 시련이. 짜증에 짜증에 짜증을 그치지 못하는 나에게 친구가 말했다. "바다에 채찍질하지 마."

어, 그래.

물은 이미 샜고, 그건 누구의 잘못도 아니지. 내가 어쩔 수 있는 게 아니지. 내가 할 수 있는 일은 바닥을 닦고 하부

장을 말리고 고장 난 부분을 고치는 일뿐.

그 후로 친구가 "오늘 애가 또……" 하면 나는 "바다에 채찍질……" 했다. 내가 "아까 ○○ 때문에 짜증이……" 하면 친구가 "바다에 채찍질……" 했다. 우리가 통제할 수 없는 일에 너무나 마음을 많이 쓰고 있다는 걸 알았다. 우리는 자주 우리를 과신하고, 과신이 배반당하면 쉽게 바르르했다. 채찍질하느라 쓸데없이 힘을 뺐다. 우리는 우리가 쓰는 채팅방에 공지 사항을 띄워놓았다. '바다에 채찍질하지 말라.' 주변 사람들이 새로운 기준으로 보이기 시작했다. 전에는 자신과 주변을 많이 통제하는 사람이 강하다고 믿었다면, 이제는 자신이 통제하지 못하는 일들을 납득하는 사람, 풍랑에 노여워하지 않는 사람이 진짜 강한 사람 아닐까 생각한다.

물론 아무것도 통제할 수 없다는 무력감은 사람을 버티지 못하게 한다. 그렇게는 살 수 없다. 나는 내가 통제할 수 없는 것들을 받아들이는 만큼 통제할 수 있는 것, 이미 통제하고 있는 것들에도 집중해 보기로 했다. 작은 것, 어렵지 않은 것, 그냥 당장 하면 되는 것들. 사소한 것을 보살피면서 느끼는 티끌 같은 통제력을 모으기로.

수전 손택의 일기*를 읽다가 그가 자주 만들었던 일상의 'to-do list'가 너무 사소해서 감명했던 적이 있다. 그의 목록에 있는 것들.

　　—자세를 더 곧게 하기
　　—더 적게 먹기
　　—일주일에 세 번 엄마에게 편지하기
　　—열흘에 한 번씩 머리를 감기[**]
　　—단추 달기
　　—고장 난 물건들을 고치려고 노력하기
　　—영화관에서 왜 손톱을 물어뜯는지 생각해 보기

　　손택 같은 작가도 이렇게 작은 것들을 새기며 살았는
데. 차곡차곡 쌓아가는 일상의 리듬, 내가 나를 제대로 돌보
고 있다는 확신을 위해 나도 한번.

　　—일어나자마자 단것 먹지 않기
　　—매일 계단 오르기
　　—쉴 때 눕지 않기

---

[*]　　수전 손택, 《다시 태어나다》(데이비드 리프 엮음, 김선형 옮김, 이
후), 2013년.
[**]　　혹시 번역이 잘못된 걸까 하고 조금 의심했다.

—쇼츠는 10분 이상 보지 않기

—나무를 자주 보기

—걸을 때 배에 힘주기

—바다에 채찍질하지 않기

나와 남편 사이에 월례 행사가 있다. 처음엔 반기에서 분기까지의 주기를 불규칙하게 오가다 2010년대 후반에 들어 월례 행사로 자리 잡았다. 행사는 남편의 수요로 시작됐지만 나의 주관으로 진행되며 둘의 협의하에 주말 중 하루, 낮 시간대에 치러진다. 해가 잘 드는 날이면 더 좋고, 소요 시간은 30분 정도다.

행사 전 남편이 거실 한쪽에 장소를 마련한다. 창고에서 아담한 2인용 돗자리를 꺼내 펼친다. G치킨 프랜차이즈에서 사은품으로 받은 피크닉 돗자리로, 회사 로고와 함께 닭다리와 바구니, 사과, 나무 등등이 그려져 있다. 남편이 먼저 돗자리 위에 자리를 잡고 행사에 필요한 약품을 제조한다. 두 가지 튜브에 담긴 약제를 그릇에 짜내어 섞는다. 검은색 크림과 흰색 크림이 섞여 회갈색 크림이 된다. 다분히 화학적인, 익숙한 냄새가 난다.

남편은 노란색 보자기를 슈퍼맨처럼 어깨에 두른다.

이 보자기에는 N은행 로고가 크게 적혀 있는데 우리 수중에 어떻게 들어왔는지는 기억나지 않는다. 보자기 두른 남편이 안경을 벗고 눈을 감는다. 남편의 역할은 여기까지다. 행사는 이제부터 내게 달려 있다. 나는 양손에 비닐장갑을 끼고 오른손에 든 도구를, 아까 남편이 만들어둔 화학적 크림에 푹 담근다. 이 도구에는 붓과 빗이 한꺼번에 달려 있다.

처음에는 남편의 흰머리를 새치라고 불렀던 것 같다. 젊은 사람에게 난 흰머리를 새치라고 하니까. 그런데 그 양이 늘고 나이도 늘었으므로 이제는 그냥 흰머리라고 불러도 될 듯하다. 한 달에 한 번, 새로 돋아난 흰머리를 검게 물들이는 것이 나의 임무이자 우리의 행사다. 이 행사를 미용실에 의뢰하지 않음으로써 우리는 최소 5만 원가량의 지출을 막는다(그 이하를 받는 미용실이 없지는 않으나 품질이 좋지 않은 염색약을 쓸 가능성이 있다고 우리는 판단했다). 30분의 수고를 들일 가치가 우리에겐 있다.

현재 나의 염색 기술이 미용실 수준에 못 미친다고 말할 수 없으므로 이 행사의 정당성은 더욱 강화된다. 나는 적어도 남편의 두상과 두발에 한하여, 흰머리 염색의 전문가다. 많이 하다 보니 그렇게 되었다. 염색약을 어떻게 발라야 뿌리까지 잘 물들고 어떻게 빗질해야 성김 없이 골고루 물드는지 수년간의 시행착오 끝에 알게 되었다. 처바른 다고 되는 게 아니다. 한 번에 바를 양을 세밀하게 가늠해야만 최소한의 약(염색약이 두피에 좋을 리 없다)으로 최대 면적을 물들일 수 있으며 이마와 귓바퀴 등이 과도하게 얼룩지는 것을 피할 수 있다.

행사가 진행되는 동안 남편과 나는 최고의 파트너십을 발휘한다. 빗질하는 나의 손에 힘이 들어가면 남편은 기민하게 그 방향으로 머리를 움직인다. 고개를 숙이라면 숙이고, 들라 하면 들고, 빛이 드는 쪽으로 반 바퀴 돌아앉으라 하면 반 바퀴 돈다. 별다른 대화는 없다. 우리는 오래 훈련한 댄스스포츠팀처럼 호흡과 리듬으로 움직인다. 한동안 말없이 남편의 머리카락을 칠하다 보면 나이 듦이나 부부의 연에 관하여, 오랜 우정과 갈등에 관하여, 약간의 상념 또는 감상에 젖을 때도 있었지만 이제는 그러지 않는다. 남편에겐 완성도 있는 흑발이 필요하고 내겐 집중이 필요하다.

우리는 아마도 어느 순간 무념무상에 이른다. 염색하는 손과, 염색당하는 머리가 있을 뿐.

작업이 끝나면 나는 비닐장갑을 벗고 남편의 이마 끝에 삐져나온 염색약을 문질러 닦는다. 그리고 남편의 손에 핸드폰을 쥐여준다. 머리가 충분히 물들 때까지 그는 슈퍼맨 상태로 조금 더 기다려야 한다. 나는 손 씻고 휴식을 취한다. 이달의 행사도 끝났구나. 이렇게 열두 번을 하면 1년이 가겠구나. 화학의 힘과 배우자의 조력으로 노화의 확산을 저지하면서. 내게는 아직 흰머리가 없지만 10년쯤 뒤에는 이 행사가 쌍방향으로 바뀔지도 모르겠다. 우리의 오랜 우정과 갈등은 그때쯤이면 더 오랜 우정과 갈등으로 퇴적되어 있겠지. 그 땅에 모쪼록 향기가 있으면 좋겠다.

월 5만 원쯤 그냥 쓰고 만다는 생각으로 바뀌어서, 각자 미용실을 찾게 된다면 더 좋으려나.

남편이 샴푸를 하러 욕실에 들어가면 나는 돗자리를 갠다. G치킨 로고가 박힌 곳에 염색약이 떨어져 물든 흔적이 있다. 행사에 초대된 사람은 없다.

　　국어 선생이던 때, 가르치면서도 매번 어쩐지 난감했던 작품이 《구운몽》이다. 요즘도 교과서에 있는지는 모르겠다. 안 그래도 고전문학이라 술술 안 읽히고 풀이할 게 많아 쉽지 않은데 무엇보다 10대들과 '인생무상'에 대해 얘기하다 보면…….

　　"그러니까 주인공이 누린 부귀영화는 전부 꿈이었던 거죠."

　　"아, 뭐야. 허무해요."

　　"바로 그게 주제예요. 인생이 허무하다는 거."

　　"네? 인생이 아니라 꿈이었으니까 허무한 거잖아요."

　　"그 꿈이 인생이지."

　　"꿈이 왜 인생이에요?"

　　"음, 그러니까 인생을 아주 긴 꿈이라고 생각해 본다면……."

　　"?"

"······참 덧없잖아요."

"??"

이쯤 되면 어디선가 짝꿍을 쿡쿡 찌르며 속삭이는 소리가 들렸다.

'덧없는 게 뭐야······?'

학생들 모두가 '덧없다'라는 말을 모르지는 않았을 테니 그때 교실에는 아마 두 가지 부류의 인간이 있었을 것이다. 덧없음을 아는 인간과 모르는 인간. 일찌감치 덧없음을 알아버린 청소년이라면 창밖의 운동장 위로 조각나는 흰 구름을 바라보며 시간을 견디고 있었을 가능성이 크다. 그들은 덧없음을 모르는 친구에게 덧없음을 설명하고 싶지 않았을 것이다. 덧없기 때문이다. 설명은 선생의 몫이다.

"영원한 건 없죠. 젊음도, 미모도, 돈도, 명예도, 인기도······. 그러니까 너무 그런 것들에 집착할 필요 없다는 거예요."

"왜요. 죽을 때까지 계속 돈 많고 유명한 사람도 있잖아요!"

"어 그러니까. 결국 죽잖아 모두."

"다 죽으니까 허무하다고요?"

"그렇긴 한데, 꼭 죽어서 그렇다기보다······."

이쯤 되면 그냥 외우라고 하고 싶어지지만 나도 나름

대로 애쓰는 선생이었다.

"성진은 양소유로 환생해서 높은 지위에 오르고 재산도 많고 부인은 무려 여덟 명……이고 남부러울 것이 하나도 없었잖아? 요즘으로 말하면 패리스 힐튼(아주 적절한 비유는 아니지만 2000년대에 가장 핫한 셀럽이었다)이랄까. 그런데 꿈에서 깨기 직전에, 문득 모든 게 싫증 나고 쓸쓸해지면서 이게 다 무슨 소용인지 모르겠다고 하지. 인간의 삶은 어차피 유한하다는 것을 깨닫는데 때마침 꿈에서 깨어난 거예요."

"패리스 힐튼은 그런 생각 안 할 것 같은데요."

"패리스 힐튼이 그런 생각을 하든 안 하든 패리스 힐튼의 삶도 유한하기 때문에……."

"그래도 저는 패리스 힐튼처럼 살고 싶어요!" "맞아, 개부러워." "우리 엄마 아빠는 왜 재벌이 아닌 거지." "패리스 힐튼은 한 번 입은 옷은 버린대." "뭐, 진짜? 대박."

"……."

이런 식으로 수업이 산으로 가다 보면 스스로 아주 무능한 선생이 된 것 같은 기분이 들었다. 그리고 그 무능의 틈을 놓치지 않는 학생들이 반드시 있다.

"허무한데 뭐 하러 이렇게 열심히 공부해요?"

대학 입시와 취업(내가 있던 학교의 학생들은 절반 정

도는 졸업 후 바로 취업했다)이라는 좁은 문을 통과하기 위해 아주 많은 시간을 '미래'에 갈아 넣어야 했던 학생들에게 인생의 덧없음을 설파한다는 자체가 사실 아이러니한 일이었다. 무언가에 인생을 걸고 있는 이들에게 인생에 집착하지 말라니. 하지만 적어도, 하나만큼은 말해주고 싶었다.

"여기 지금 너무 힘든 일을 겪고 있는 사람이 있을 수도 있고, 지금은 아니라도 앞으로 살면서 누구나 몇 번은 아주 힘든 일을 겪을 텐데, 인생이 한바탕 꿈이라고 생각한다면 고통이 조금은 덜어질지도 모르지."

이런 식으로 무능한 선생의 자존감 회복을 시도한 뒤 다시 패리스 힐튼으로 돌아가서.

"또 인생이 한바탕 꿈이라는 걸 알면, 나는 왜 패리스 힐튼처럼 태어나지 않았을까, 패리스 힐튼처럼 살지 못하는 내가 참 불행하다, 패리스 힐튼이 너무 부럽다, 그런 생각을 할 필요가 없지 않겠어? 패리스 힐튼도 꿈이고 나도 꿈이고 그저 다 꿈일 뿐인데."

나름대로 애쓰는 선생이었다는 얘기다.

한편 모든 문학작품이 그렇듯,《구운몽》또한 저렇게만 해석하는 게 늘 찜찜했다. 교과서에 실린 부분은《구운몽》전체에서 결말에 해당하는, 극히 일부. 소설의 대부분은 꿈의 내용, 그러니까 주인공이 속세에서 누리는 지극한

부귀와 영화의 묘사다. 다채롭고 구체적인, 꽃 같고 불꽃 같은 유희의 향연. 결말이 어떻든 소설 전체를 보면 거참, 그 꿈 한번 근사하다는 생각이 먼저 들지, 인생이 이렇게 허무하니 너무 집착하지 말자는 결론에 직관적으로 이르기는 쉽지 않다. 하지만 이런 '너머'의 정보까지 전달했다면 학생들의 반응은 아마……

"그래서 허무하다는 거예요, 허무하지 않다는 거예요?"

"집착하라는 거예요, 하지 말라는 거예요?"

"어쩌라는 거예요?"

다시 가르친다면 이렇게 할 것 같다.

"인생이 정말 한낱 꿈이라 해도, 그래서 허무하다고 해도, 우리가 좋은 꿈을 꾸면 기분 좋잖아? 기왕 꿈을 꿔야 한다면 좋은 꿈을 꾸도록 노력해 보는 거지. 이불도 빨고, 자기 전에 샤워도 하고, 향수도 좀 뿌리고. 온도와 습도를 조절하고. 잠들기 전에 나쁜 생각 하지 않고. 좋아하는 것들을 떠올리고. 미루었던 사과나 용서 같은 것도 하고. 나에게 가장 큰 사랑을 주었던 사람과 함께 있는 상상도 하고."

이제 그들도 다 알겠지만.

아침에 캡슐 두 개, 저녁에 알약 반 개를 먹는다.

이상한 말이지만 먹을 때마다 작은 쾌감이 있다. 겨우 캡슐 두 개라니. 이렇게 쪼끄만 알약, 그것도 반 개라니. 목구멍이 꽉 찰 만큼 많은 약을 털어 넣었던 어느 계절의 나에게로 가서 말해주고 싶다. 의심하지 말고 잘 챙겨 먹어. 지금은 믿을 수 없겠지만 너는 언젠가 캡슐 두 개와 알약 반 개만 먹고도 하루를 하루답게 보내게 된다.

아침에 눈을 떠 모든 창문을 열고 새 공기와 헌 공기를 맞바꿀 수 있게 된다. 신선한 사과와 아몬드를 먹게 된다. 집 앞에 학교가 세 개나 있어서, 뭔가를 배우고 있는 사람들에게서만 느껴지는 대체 불가한 역동을 알게 된다. 꽃나무 아래를 걷게 된다. 바람에 우러난 편백나무 냄새가 나는 향수를 갖게 된다. 16년간 은행원이었던 동생이 퇴사하고 꽃을 배우기 시작한 걸 축하하게 된다. 엘리베이터에서 만난 이웃에게 매번 인사하는 어린이가 있다는 걸 알게 된다.

친구와 샴페인을 나누어 마시게 된다. 글을 쓰게 된다. 좋은 책을 자꾸 발견하게 된다. 이걸 다 읽으려면 오래 살아야 할 텐데, 궁리하게 된다. 죽고 난 뒤에 너무 재밌는 신간이 나오면 어떡하지, 말하고 나서 옆구리를 잡고 웃게 된다.

지금은 믿을 수 없겠지만.

계절이 몇 번 바뀌는 동안 야금야금 약의 개수와 용량을 줄여왔다. 약을 줄여가는 데에도 성취감이 있다는 사실은 애초에 약을 복용하지 않았다면 몰랐을 일이다.

소설 《환상의 빛》을 쓴 미야모토 테루는 공황장애 때문에 소설가가 되었다. 스물다섯 살, 최초의 발작이 전철 안에서 일어난 탓에 전철로 출퇴근하기가 어려워졌다. 1970년대, '공황장애'라는 말조차 없던 때였다. "초등학생도 혼자 전철 타고 학교에 가는데" 따위의 말을 의사로부터 들었다. 온갖 병원을 다 돌아도 원인도 치료법도 알 수 없어 좌절하던 어느 날 잠깐 비를 그으려 들른 서점에서 단편소설 하나를 읽었다. 다 읽고 나서 소설가가 되기로 결심했다. "소설가가 되면 전철을 타지 않아도 된다. 매일 집에서 일할 수 있다. 북적이는 곳을 걷지 않아도 된다."[*]

---

[*]   미야모토 테루, 《생의 실루엣》(이지수 옮김, 봄날의책), 2021년, 82쪽.

227

이후 그는 단편소설과 장편소설, 에세이와 대담집, 전집을 포함해 백 권이 넘는 저작을 썼다.

드라마틱하다면 드라마틱한 일이지만 사실 누구나 이런저런 우연들을 잇대어 삶을 꾸려간다. 우연은 친절하지 않다. 현재 벌어진 일이 좋은 것인지 나쁜 것인지 판단할 수 있는 능력이 인간에게는 없다. 능력이 없으면 하지 않는 것도 방법이다.

판단하지 않는 데에는 힘이 필요하다. 판단하는 데 힘이 필요한 게 아니다. 가만히 두면 인간은 대체로 가만히 있지 않는다. 자꾸 판단한다. 나는 틀렸어. 이번엔 실패야. 그는 나를 버렸어. 그건 사랑이 아니었어. 여기가 지옥이야. 나만 이 모양이야. 판단이 판칠 때, 판단이 불필요하다는 사실을 떠올리기란 얼마나 힘든가. 힘든 일을 할 수 있을 정도의 힘이 그래서 필요하다. 필요할 때 사용할 힘을 길러두기 위한 방법들이 있다. 꾸준한 산책, 안전한 대화, 훈련된 심호흡, 쾌적한 환경, 좋은 소리, 조건 없는 포옹, 상담, 명상, 항우울제와 항불안제…… . 여러 방법을 골고루 시도하다 보면, 판단하지 않으려는 마음에 탄력이 붙을지도 모른다.

인간이 할 수 있는 것은 그냥 조금 더 살아보는 것뿐이라는 걸 알게 될지도 모른다.

조금 더 살다 보면 또 어느 날에는 약을 다시 늘릴 수도 있다. 그때의 나에게 미리 말해둔다. "너는 언젠가 캡슐 두 개와 알약 반 개만 먹고도 하루를 하루답게 보내게 된다. 지금은 믿을 수 없겠지만."

고 유 한 불 행

건강을 되찾으면서 오랜만에 만나는 지인들에게 꼭 말한다. "나 진짜 죽다 살아났어요!" 느낌표까지 붙여 우렁차게 말하는 이유는 혹시나 그들이 내가 겪은 우울증을 '그냥 좀 우울했던 것'으로 치부할까 봐. 그렇게 말하고 나서 상대의 눈을 살핀다. 내 말을 알아들었나요? 엄살이라고 생각하진 않았나요? 잠시의 간격을 두고 상대방들이 대답한다. 실은 우리 엄마도 우울증으로 고생하셨다고. 내 남편도 작년부터 약 먹고 있다고. 내 딸도 수년간 병원에 다닌다고. 또는 나도, 오래된, 우울증이 있다고.

우울증이 드물지 않다는 의학적 통계와는 또 다른 차원의 실감이 반복된다. 이렇게 많다니. 많아도 많아도 이렇게나 많다니. 흐린 데 없이 씩씩하고 유쾌한 E선배조차 "남들 하는 건 또 내가 안 해볼 수 없잖아?" 눈꼬리를 한껏 구기며 웃음 짓는 선배를 한참 바라본다. 저 눈가에 한동안 머물렀을 사막 같은 시간을 나는 이제 조금 헤아릴 수 있게 된다. 나의 우울증을 털어놓음으로써 넓어지는 세계가 있고, 그 너비는 나를 혼자 불행하게 내버려두지 않는다. 불행이 홀로 있지 않으면 견딜 만한 불행이 되니까.

그렇다고 '우리'가 그저 우울증이라는 이름으로 단일하게 묶이는 것은 아니다. 우울증은 각자의 이유로 발현되고 각자의 양상으로 전개되며 각자의 해법으로 치료된다. 혹은 치료되지 않은 상태로 남아, 한 사람의 성질에 기여한다. 기여한다고 말하는 건, 내가 나 자신과 주변의 우울을 통해, 한 사람이 자기 우울에 패배하지 않고 그것을 이리저리 다루어 삶의 안쪽으로 끌어안는 방식의 아름다움을 알아가고 있기 때문이다. 여기서 잠시, 우리를 걸려 넘어지게 하는 우울을 일종의 불행이라 할 수 있다면.

저 유명한 《안나 카레니나》의 첫 문장. 행복한 가정은 비슷비슷하게 행복하지만 불행한 가정은 제각기 불행하다는 말. 가정을 사람으로 바꾸고. 과거에 이 문장에서 불행의 무한함을 읽었다면 이제는 넌지시 불행의 고유함을 읽는다. 나만의 것. 나를 나로 만드는 것. 세상의 불행이 서로 일치하는 법 없다면, 각자의 삶에 독자적인 형태와 색채를 입혀주는 것은 불행이다. 행복이 아니라. 우울도 그럴 것이다. 자신의 우울을 조용히 매만져 온 사람들에게선 그만의 격조가 느껴진다. 이는 애초에 우울의 밀도가 낮았던 이들에게선 찾아보기 힘든 매력이다.

여기서 다시, 우리를 엎드려 울게 하는 우울을 일종의 불행이라 할 수 있다면.

한 사람을 마주한다는 건 내게, 그의 불행을 응시한다는 뜻과 다르지 않다. 내가 당신을 건성으로 보는 게 아니라면, 나는 당신으로부터 당신의 개별적인 불행을 본다. 그 불행에 깔려 죽지 않은 당신의 고유한 용기를 본다. 불행 속에서도 밥을 지어 먹고, 불행 안에서도 몸을 씻고, 불행 아래서도 하루의 불을 켜고 이불을 정돈하는 당신의 고유한 성실을 본다. 불행한데도 담벼락에 침을 뱉지 않고, 불행하지만 행인에게 고성을 지르지 않고, 불행할지언정 자신을 불행 이상으로 망가뜨리지 않는 당신의 고유한 위엄을 본다.

남들 하는 불행은 해봐야 한다는 E선배의 단점은 가끔씩 다리를 떤다는 것이다. 좋지 않은 습관이지만 그 정도는, 자신의 불행을 자신의 고유함으로 단련해 온 인간에게 허용되는 수준의 흠일 것이다. 내 친구 P가 약속 시간에 자주 늦는 것, S가 유난히 입이 험한 것, H가 우리 사이에 있었던 중요한 일들을 종종 잊는 것도. 그들이 자기 인생의 무겁고 유일한 과제를 해나가느라 미처 돌아보지 못한 흠들을 나는 어느 순간, 기꺼이 양해하게 된다. 당신의 흠을 쉽게 흥

볼 수 없게 된다. 당신을 잘 알지 못하는 만큼 당신에게 너그러워진다. 내가 지나온 우울, 또는 불행이, 내게 가르쳐준 것이다.

고쳐 쓰는 마음

발행일 2024년 8월 28일 초판 1쇄
　　　 2024년 10월 25일 초판 2쇄

지은이 이윤주
편집 김준섭·최은지·이해임
디자인 박서우
제작 영신사

펴낸곳 일다
펴낸이 김현우
등록 제2017-000046호. 2015년 3월 11일
주소 (04035) 서울 마포구 양화로11길 68, 다솜빌딩 2층
전화 02-6494-2001
팩스 0303-3442-0305
홈페이지 itta.co.kr
이메일 itta@itta.co.kr

ISBN 979-11-93240-51-9 03810